Franz Stangl

Schlachtenberg

Impressum:

Herausgeber & Copyright:
Mag. Franz Stangl
7400 Oberwart • Augasse 34
Telefon: 03352/32197 • 0664/3736788
E-Mail: franz.stangl@schule.at

Layout: Roman Roetzer
Herstellung: Rötzer-Druck GesmbH. - Buch und Zeitschriftenverlag
Printed in Austria

ISBN 3-85374-395-1

Ich bedanke mich ganz herzlich bei den Repräsentanten der Marktgemeinde Kohfidisch, die es mir völlig unbürokratisch ermöglicht haben, zwei längere Passagen aus der Festschrift, die anlässlich der Markterhebung 1982 erschien, in meinen Text zu übernehmen.
Und ein ganz besonderer Dank gebührt auch Georg Rosner für den von ihm gestalteten Lageplan sowie Hans-Peter Polzer, der mir eine ganze Serie wunderbarer Fotos vom Csaterberg zur Verfügung gestellt hat, von denen ich mir einige für die Gestaltung des Buchcovers und auch des Innenteils aussuchen durfte.

Die Handlung und auch die Personen der folgenden Geschichte sind völlig frei erfunden. Hingegen entspricht die darin angedeutete Schönheit des Csaterbergs voll und ganz der Wahrheit – aus meiner Begeisterung für die Einzigartigkeit dieser südburgenländischen Landschaft, der ich mich seit meiner Kindheit zutiefst verbunden fühle, entstand auch dieser kleine „Roman“.

Prolog

„Wenn Sie der sind, für den ich Sie halte, dann kommen Sie her, steigen im Gasthaus zum Weinberg ab und warten, bis ich mich wieder bei Ihnen melde. Ich kann Sie mit absolut hieb- und stichfesten Beweisen versorgen. Mir selbst ist die Kartoffel einfach zu heiß, aber ich glaube, Sie verfügen über die nötigen Verbindungen, um die Bombe hochgehen zu lassen!"
P.F.

1. Teil:
Der Fremde

1

An jenem Freitag, als er zum ersten Mal das Wirtshaus betrat, waren nur ganz wenige Gäste anwesend. Den ganzen Tag über hatte es heftig geschneit, womit nach dem milden Verlauf des bisherigen Winters gar nicht mehr zu rechnen war. Aber jetzt lagen doch gut und gern zwanzig Zentimeter Schnee, und das bedeutete für unsere Gegend schon tief winterliche Verhältnisse. Kein Wunder also, dass sich nur die hartnäckigsten Stammgäste zu mir verirrt hatten. Paul Oswald, der inzwischen sein viertes Krügerl genussvoll konsumierte, unterhielt sich an der Schank mit Peter Meier und Franz Klein ziemlich lebhaft über die Frage, wie denn der örtliche Sportplatz möglichst rasch von den Schneemassen befreit werden könnte. Schließlich war am nächsten Samstag Meisterschaftsbeginn, und wenn man nicht rechtzeitig etwas unternahm, dann konnte das Heimspiel gegen Güssing wohl nicht durchgeführt werden. Also musste rasch eine Lösung her, und die sah in den Augen von Paul Oswald ganz eindeutig so aus, dass der gesamte Kader am nächsten Tag mit Schneeschaufeln zu einem Sondertraining ausrücken müsste.

„Du spinnst ja, das schaffen die nie, nicht einmal, wenn sie auch noch die Badersdorfer und Kirchfidischer mit einladen!" Peter Meier war entweder etwas realistischer oder nicht gerade überzeugt von der Arbeitskraft und -moral der heimischen Kicker.

„Genau, Peter! Die schaufeln ja wahrscheinlich genauso langsam, wie sie spielen!" Franz Kleins Aussage war eindeutiger.

„Na diese Kleinigkeit werden sie ja wohl zustande bringen. Meinen Hof mit zwanzig mal dreißig habe ich in einer halben Stunde ausgeschaufelt. Da werden ja doch 25 ausgewachsene Mannsbilder so ein bisschen Fußballrasen während einer Trainingseinheit schaffen." Die eher schwachen Leistungen der Kohfidischer Fußballer in der letzten Herbstmeisterschaft führten sogar bei einem derart eingefleischten Fußballfan, wie Paul Oswald seit Kindesbeinen einer war, zu einem negativen Unterton.

Ich hörte den dreien noch eine Weile amüsiert zu, während ihre Debatten immer wortreicher und lautstärker wurden. Berechnungen wurden angestellt, wie denn der Schnee am besten vom Platz befördert werden könnte, wie viel an Menge dabei zusammen kam und mit welchen technischen Hilfsmitteln wohl vorzugehen sei, ohne dass in Kohfidisch Ähnliches passierte wie ein Jahr zuvor in einer nicht weit entfernten Gemeinde. Dort hatte ein übereifriger Vereinsobmann mit dem eigenen Traktor dafür sorgen wollen, dass der Platz möglichst schnell wieder schneefrei wurde – und dabei auch gleich die Grasnarbe mitentfernt, sodass ein halbes Jahr lang nur in der Nachbargemeinde gespielt werden konnte.
Ich versuchte mich nebenbei auf meine Monatsabrechnung zu konzentrieren, was gar nicht so leicht war – und zwar nicht nur deshalb, weil die wenigen Gäste mittlerweile einen ziemlichen Lärm machten, sondern auch, weil es für mich nichts Grässlicheres gab als diese monatliche Rechnerei und Schreiberei. Liebend gerne hätte ich mich ganz von meinem Vorhaben abbringen lassen und mich einer Partie Karten gewidmet, aber heute kam offensichtlich außer Paul keiner von meinen Kartenbrüdern mehr.
Ich hatte die Tür gar nicht gehört, sondern wurde erst aufmerksam, als die hitzige Diskussion vorne an der Schank mit einemmal total erstorben war, so als ob jemand an einer Fernsehfernbedienung auf lautlos gestellt hätte. Als ich verdutzt aufschaute, um festzustellen, was denn diese plötzliche Stille bewirkt haben könnte, stand er bereits vor mir.
„Sind Sie der Wirt?"
Ich erhob mich wortlos und blickte an mir selbst hinab. Konnte man das an irgendeinem äußeren Kennzeichen erkennen?
„Guten Abend! Ich hätte gerne ein Zimmer."

2

„Das Schloss Erdödy von Kohfidisch ist ein mächtiger Bau, der auf einer erhöhten Bodenterrasse steht und in der ersten Hälfte des 18. Jahrhunderts auf den Resten einer bisher nicht völlig identifizierten, mittelalterlichen Burg errichtet wurde. Zwei ungleiche Flügel umschließen einen rechteckigen Ehrenhof. Der Haupttrakt, der den ebenerdigen Flügelbau aus dem 16. und den um die Mitte des 17. Jhs. errichteten westlichen Trakt verbindet, wurde Ende des 18. Jhs. aufgebaut. Als Baumeister wird der vielfach auch in Pressburg tätig gewesene Hillebrandt, ein Nachfolger des jüngeren Fischer von Erlach, angenommen. Der Ausbau entspricht der in der Renaissancezeit üblichen Form und wurde um das Jahr 1820 mit einem schönen großen Park umgeben. Das Schloss wurde in der Folge hauptsächlich als Sommersitz für die zahlreichen Mitglieder der Familie und ihre Freunde verwendet.
Im Kriegsjahr 1945 wurde das Schloss, in dem unter anderem ein Regimentsstab untergebracht war, wiederholt von der Roten Armee gestürmt und durch Artillerietreffer beschädigt. Im Verlauf der Kampfhandlungen sowie in der folgenden Besatzungszeit wurde es restlos ausgeplündert. Das Dach und die Kamine wurden instand gesetzt, sodass für absehbare Zeit der gute Bauzustand gesichert ist.
Zum Schloss Kohfidisch gehört ein geschlossener, gepflegter und durch reichlich vorhandene Wege gut aufgeschlossener Waldbestand von 1700 Hektar."

Er hatte den Großteil der Festschrift, die anlässlich der Erhebung Kohfidischs zur Marktgemeinde herausgegeben worden war, nur durchgeblättert, bei dem kurzen Bericht über das Schloss war er aber schließlich hängen geblieben. Noch mehr interessierte ihn allerdings der an- und das kleine Büchlein gleichzeitig abschließende Bericht über das „Weingebirge".

3

Ich war bei Gott nicht immer Frühaufsteher gewesen, und auch jetzt fiel es mir nicht immer leicht, meist schon vor Sonnenaufgang aus den Federn zu kriechen. Andrerseits waren aber diese Momente am Morgen, bevor ich das Wirtshaus aufsperrte, die einzigen, wo ich auch ein wenig Zeit für mich selber hatte. Und obwohl ich sonst sehr froh war, meinen früheren Beruf völlig an den Nagel gehängt zu haben, eines war mir geblieben, nämlich die Liebe zum Lesen. Meist stand ich daher schon um fünf Uhr früh auf – im Sommer nicht selten sogar noch früher – und dann blieb mir ausgiebig Zeit, um in aller Ruhe frühstücken und mich einem Buch widmen zu können. Am liebsten las ich Krimis, aber auch für anspruchsvollere Literatur konnte ich mich immer noch erwärmen.

Obwohl mein Gasthaus über 16 Gästebetten verfügte, waren meine morgendlichen Mußestunden selten durch anwesende Gäste gestört, zu weit abseits der üblichen touristischen Trampelpfade befand sich unser kleines Dorf. Gott sei Dank übrigens, ich liebte alles so, wie es war, und sehnte mich keineswegs nach irgendeiner Belebung meiner Heimatgemeinde. An diesem Morgen blieb allerdings nicht viel Zeit zum Lesen, denn mein einziger Gast hatte mich gebeten, schon um sechs Uhr frühstücken zu dürfen. Offensichtlich hatte er es eilig, Kohfidisch so schnell wie möglich wieder zu verlassen.

Ich war mit dem Decken des Tisches noch gar nicht fertig, als er auch schon den Raum betrat und Platz nahm.

„Tee oder Kaffee?"

„Kaffee bitte – und viel Milch, wenn´s geht!"

„Aber gerne!"

Eva hatte heute Frühdienst in der Küche. Seit dem Tod meiner Eltern und meiner bald darauf erfolgten Scheidung war ich leider völlig auf bezahlte Mitarbeiter angewiesen. Eva erwies sich aber als absoluter Glücksfall; erstens war sie fast immer verfügbar, weil noch immer unverheiratet und kinderlos, und zweitens ließ sie sich wirklich universal einsetzen. Und natürlich schätzte ich sie auch deshalb so sehr, weil sie das alles zu einem Spottpreis machte. „Ich bin ja so froh, dass ich bei Ihnen endlich einen Arbeitsplatz gefunden habe!" Sollte ich ihr ständig sagen, wie froh *ich* erst war, sie bei mir zu haben – und sie dadurch vielleicht auf die Idee bringen, doch mehr zu verlangen? Nein, es passte schon so, wie es war.

„Setzen Sie sich doch zu mir!"

Ich hatte meine Tasse Kaffee hinter der Schank getrunken und ein bisschen in der „Krone" geblättert. Sollte ich sein Angebot annehmen? Warum nicht, ein bisschen neugierig war ich schon, wen es da in mein nicht gerade erstklassiges Haus verschlagen hatte.

„Peter Müller."

Er stand auf und gab mir die Hand. Ich war so überrascht, dass ich mich wortlos an seinen Tisch setzte.

„Verraten Sie mir auch Ihren Namen?"

„Entschuldigung, natürlich, Günther Steiner."

„Darf ich Günther sagen? Wir sind ja wahrscheinlich im selben Alter?"

Ich war im November 47 gewesen und hätte mein Gegenüber maximal auf 40 geschätzt. Sein Gesicht wirkte geradezu jugendlich, und auch sonst schien er noch bestens in Form, nur an den ziemlich deutlichen Geheimratsecken und der hohen Stirn war ablesbar, dass er durchaus nicht mehr ganz so jung war, wie er auf den ersten Blick wirkte.

„Aber natürlich! Bei uns im Dorf sagt ohnehin fast jeder Du zum anderen."

„Fein. Sag mal, Günther, du als Wirt hier im Dorf, du bekommst ja sicherlich einiges mit und hörst so Verschiedenes. Darf ich dich etwas fragen?"

Irgendetwas in mir verkrampfte sich unwillkürlich. War der Typ von der Polizei? Aber vielleicht las ich einfach zu viele Krimis. Ich lächelte möglichst vielsagend und wartete, was folgen würde.

„Ich komme aus Wien, habe aber Vorfahren, die hier in Kohfidisch gelebt haben. Mein Großonkel besaß sogar einmal einen Weinkeller am Csaterberg. Und ich würde gerne zu meinen Wurzeln zurückkehren. Kennst du niemanden, der sein Kellerstöckl verkaufen möchte?"
Noch vor zwei, drei Jahren hätte ich bei solch einer Frage keinerlei Verdacht geschöpft und hinter dem Fragensteller einen echten Interessenten vermutet. Aber inzwischen war viel zu viel vorgefallen, als dass ich an einen bloßen Zufall hätte glauben können.
„Da sind Sie leider an der falschen Adresse!" Ich stand auf und zeigte ihm die kalte Schulter. Und dass ich ihn siezte, machte wohl endgültig klar, dass ich auf keinerlei weitere Fragen oder gar Vertrautheiten Wert legte.

4

Der Wirt hatte sich auf kein Gespräch mit ihm eingelassen. Vielleicht war er aber auch zu sehr mit der Tür ins Haus gefallen. Aber kein Problem, schließlich war er ja erst angekommen. Er würde es nochmals versuchen und war sich sicher, mit der Zeit Erfolg zu haben. Steiner wirkte etwas einsilbig und einfältig, aber keineswegs unsympathisch. Und dass er nach allem, was möglicherweise vorgefallen war, ein wenig allergisch auf Fragen über den Csaterberg reagierte, war ja eigentlich nicht allzu verwunderlich.
Peter Müller erhob sich vom Frühstückstisch und ging nochmals hinauf in sein Zimmer. Es war wirklich nicht gerade erste Sahne, aber sauber und durchaus in Ordnung. Hier würde er es schon ein paar Tage aushalten. Und vielleicht fand er ja schneller, was er suchte, als er jetzt noch glaubte.
Der Wirt schien mehr als überrascht, als er ihm sagte, dass er zumindest noch bis zum nächsten Wochenende bleiben wolle. Dann verließ er das Gasthaus. Er wollte sich zunächst in aller Ruhe

einmal die Gegend anschauen. Zwar war es bitter kalt, und es schneite immer noch leicht. Aber Müller liebte den Winter und freute sich auf das Schlendern durch den herrlichen Pulverschnee.
Seine Großmutter, die immer gerne zu ihrem Bruder ins Burgenland gefahren war, hatte ihm ja früher oft von der herrlichen Gegend rund um Kohfidisch vorgeschwärmt. Und ein- oder zweimal dürfte er in seiner Kindheit selber hier gewesen sein. Das war allerdings lange her, und es existierten nur ferne Erinnerungen daran. Damals hatte den pubertierenden Jungen etwas ganz anderes interessiert als Feiern in einem abgelegenen Weinkeller. An so etwas wie einen Kirtag konnte er sich aber doch vage erinnern. Es war extrem heiß gewesen, und er hatte mit Großvater einen längeren Fußmarsch zurückgelegt. Als Entschädigung gab es dann an einem der Kirtagsstandl irgendwelches Spielzeug, was genau, wusste er allerdings nicht mehr.
Müller wollte sich zunächst das Schloss ansehen, von dem er in der Festschrift gelesen hatte und das sich unweit des Gasthofs zum Weinberg befand. Als er den ziemlich weitläufigen Hof betrat, war er zunächst durchaus positiv überrascht. Er hatte ein weitaus stärker verfallenes Objekt erwartet. Ganz offensichtlich war seit dem 2. Weltkrieg tatsächlich einiges passiert, um das Schloss nicht ganz verkommen zu lassen. Zu seiner Rechten befanden sich scheinbar so etwas wie ehemalige Dienstwohnungen, die ihm bewohnt vorkamen, und auch die vom Hof aus sichtbaren Fenster des eigentlichen Schlosses ließen auf irgendeine Art von Nutzung schließen. Er hielt ein wenig inne, um diesen trotzdem ein wenig morbiden Eindruck, den das Ganze auf ihn angesichts dieser düsteren Winterstimmung machte, einwirken zu lassen, denn für solche Momente hatte er immer schon eine Schwäche gehabt. Dann entdeckte er aber eine Tafel über einer Tür ganz vorne am linken Flügel des Schlosses mit der Aufschrift „Schlosskellerei“. Müller hatte keine Ahnung, ob dort jetzt jemand anzutreffen war oder nicht. Da er aber irgendwo mit seinen Recherchen anfangen musste und da es galt,

mit möglichst vielen Einheimischen in Kontakt zu kommen, versuchte er sein Glück.
Eine Glocke oder so etwas Ähnliches gab es nicht. Müller wollte schon wieder umdrehen, griff aber dann doch eher instinktiv auf die Türschnalle – und zu seiner großen Überraschung ließ sich die Tür öffnen.
„Ist da jemand?"
Obwohl niemand antwortete, wagte Müller einen Schritt hinein, und als er entdeckte, dass Licht brannte, betrat er die steile Stiege, die in ein ziemlich düsteres Kellergewölbe hinabführte. Unten war es ziemlich finster, denn die einzige Lampe, die eingeschaltet war, befand sich mitten auf den Stufen und warf nur einen schwachen Lichtschein hier herunter. Der Raum war ziemlich klein und auch weitgehend leer, und Müller konnte nicht erkennen, in welche Richtung der Keller weiterging. Da sich auch auf einen neuerlich fragenden Ruf niemand meldete, wollte er sicherheitshalber wieder hinaufgehen. Doch dann fiel sein Blick im Halbdunkel auf das einzige erkennbare Einrichtungsstück, einen kleinen Tisch, auf dem ein paar Weinflaschen herumstanden und auch sonst einiges an Kleingerät herumlag. Das alles interessierte ihn aber nicht sehr, denn eine der Flaschen stand auf einer Zeitung, und zwar genau so, dass die ziemlich dicken Lettern einer Überschrift problemlos zu entziffern waren, nachdem Müller sich über den Tisch gebeugt hatte:
„Csaterberg in ausländischer Investorenhand".

5

„Bleib nur Eva, das mach ich schon selber!"
Ich nahm ihr den Staubsauger aus der Hand und schaute in ein völlig verblüfftes Gesicht.
„*Sie* bringen das Zimmer in Ordnung? Das ist ja ganz was Neues!"

Ohne noch etwas zu ergänzen, stieg ich ins Obergeschoß hinauf, kramte aus meiner Hosentasche den Zentralschlüssel heraus und sperrte das einzige derzeit belegte Fremdenzimmer auf. Dieser Müller hatte soeben das Gasthaus verlassen und würde wohl nicht so schnell wiederkommen, derart eingemummt hatte er sich. Und selbst wenn, ich war ja der Wirt und fürs Saubermachen des Zimmers verantwortlich, also durfte ich mich ganz offiziell in diesem Raum aufhalten.
Aber was tat ich hier eigentlich? Es kam mir nun selber mehr als blöd vor, dass ich meiner Angestellten den Staubsauger aus der Hand gerissen und ihr vorgemacht hatte, heute ausnahmsweise selber Hand anlegen zu wollen. Hausarbeit, das war eigentlich noch nie wirklich das Meine gewesen, und daher zögerte ich nun einen Moment und war knapp davor, wieder hinunterzugehen und Eva zu bitten, sie möge den Zimmerputz jetzt doch selber durchführen. Irgendetwas ließ mich allerdings zögern. Was wollte dieser Typ hier bei uns, und warum hatte er vor, eine ganze Woche zu bleiben? Ich fand es zwar bei genauerer Überlegung schon ein wenig lächerlich, dass ich mich hier wie einer der einschlägigen Detektive in meinen Kriminalgeschichten benahm, aber meine Neugier war so groß, dass ich den Staubsauger Staubsauger sein ließ und mich ganz vorsichtig dem kleinen Koffer näherte, der auf einer Kommode neben dem Bett noch ziemlich unausgepackt dastand. Müller schien nur einen Pyjama, der auf dem Bett lag, und sein Waschzeug herausgenommen zu haben, sonst konnte ich nichts entdecken. Der Schrank war völlig leer.
Sollte ich wirklich im Koffer herumwühlen? Noch einmal versuchte der Entschluss in mir hochzukriechen, wieder hinunterzugehen und Eva heraufzuschicken. Doch während ich scheinbar fest dazu entschlossen war, endlich zur Vernunft zu kommen, bemerkte ich, wie meine Hände eine dicke Wollweste weghoben, die ganz zuoberst im Koffer lag. Dann hielt ich inne und horchte. Die Holzstufen hier herauf knarrten schon seit Jahren derart, dass ich Müller auf jeden

Fall hören würde, falls er doch unerwartet rasch zurückkäme. Nichts, alles ruhig. Also schob ich die auffallend wenigen anderen Gewandstücke vorsichtig zur Seite, um nach Entdeckenswertem in der Kofferwelt dieses Fremden Ausschau zu halten. Erst nach mehreren Pausen, die ich wieder dazu benutzte, um mich davon zu überzeugen, dass ich ungestört weitermachen konnte, und der überraschenden Feststellung, dass selbst eine derart einfache Tätigkeit zu Schweißausbrüchen führte, entdeckte ich ganz unten einen Briefumschlag. War das schon etwas Kriminelles, was ich da tat? Wie auch immer, es war ganz eindeutig nicht der Zeitpunkt, um Antworten auf solche Fragen zu finden. Vorsichtig zog ich den Umschlag heraus. Es handelte sich um ein mittelgroßes, weißes Kuvert. Und es war bereits aufgeschnitten worden. Im Kuvert steckte unter anderem ein Zeitungsartikel, den ich nur allzu gut kannte. Wer war dieser Müller nur? War das Ganze noch immer nicht zu Ende? Was hatten die nur mit dem guten alten Csaterberg vor?

Ein leichtes Klopfen an der Tür brachte mich einem Kreislaufkollaps nahe. War ich so sehr in meine Gedanken vertieft gewesen, dass ich nicht einmal die knarrenden Stufen mitbekommen hatte?

„Herr Steiner, sind Sie da drinnen? Warum haben Sie denn abgesperrt?"

Schnell brachte ich den Koffer wieder weitgehend in Ordnung, während ich mich einigermaßen fasste. Schließlich war es ja nur Eva, die draußen stand.

Ich schloss auf. „Entschuldige, aber das mit dem Zusperren, das muss mir völlig unabsichtlich passiert sein! Was gibt es denn?"

„Na Sie sind gut! Vor fast einer Stunde haben Sie sich nach hier oben verabschiedet und mich in der Gaststube mit jeder Menge Trinkwütigen allein gelassen. Ich hätte das Zimmer in fünf Minuten sauber gemacht!"

6

Obwohl er vorgehabt hatte, vom Schloss gleich auf den Csaterberg hinaufzuwandern, bewegte sich Müller jetzt ziemlich genau in die entgegengesetzte Richtung und durchquerte das Dorf in Richtung Nordwesten. Er hatte den Zeitungsartikel in eine seiner Manteltaschen gesteckt und war dann eilends aus der Schlosskellerei verschwunden. Es wäre sicher kein guter Einstand für ihn in dieser neuen Umgebung gewesen, wenn er gleich bei einem wenn auch nur winzigen Diebstahl überrascht worden wäre. Die Zeitung lag zwar wohl eher zufällig dort und sollte möglicherweise demnächst sogar zweckentfremdet werden – wozu auch immer –, aber für ihn konnte sie eine gewisse Bedeutung bekommen, und das erzeugte doch ein klein bisschen so etwas wie ein schlechtes Gewissen. Außerdem irritierte es ihn, dass er gleich zu Beginn seiner Recherchen auf diesen Zeitungsartikel gestoßen war. Sollte das etwa ein Zeichen sein?

Jedenfalls reichte all dies mehr als aus, um ihn ein wenig durcheinander und von seinen ursprünglichen Plänen abzubringen. Er wollte diesen Artikel einer burgenländischen Wochenzeitung, die früher einer der großen Parteien des Landes sehr nahe gestanden war, jetzt einmal in Ruhe lesen und dann ein wenig seine Gedanken ordnen, das heißt, so etwas wie einen Strategieplan entwerfen, um nicht ganz orientierungslos herumzuirren. Da er nicht gleich wieder in seine Pension zurückwollte und das nächste Wirtshaus, an dem er vorbeikam, noch nicht offen hatte, musste er fast durch das ganze tief verschneite Dorf stolpern, ehe er sich bei einer Tankstelle in einem kleinen Kaffeehaus erwärmen konnte.

„Csaterberg in ausländischer Investorenhand".

Er überflog den dilettantisch verfassten Artikel, der im August des Vorjahres erschienen war, während er von einer netten jungen Frau eine Melange und ein Glas Leitungswasser serviert bekam. Im Grunde enthielt der Text keinerlei Fakten, die er nicht schon kannte. Dennoch gab es etwas, was ihn überraschte, vor allem, wenn er ihn im Geiste mit dem verglich, was er über die Sache schon wusste und seinerzeit selber in seinen Artikel verpackt hatte: Mit keinem Wort wurde vom Verfasser so etwas wie Kritik an dem geplanten Vorhaben und dem damals schon erfolgten Deal auch nur angedeutet! Dabei hätte man ja erwarten müssen, dass ein Lokalblatt eher kritischer mit ausländischen Großinvestoren und deren zweifelhafter Vermarktung einheimischer Naturjuwele umging als ein Journalist im fernen Wien, der ja weit weniger direkt betroffen war. Müller interessierte aber auch die Frage, ob dieser Artikel erschienen war, bevor oder nachdem ihm der Lokalredakteur der Zeitung, für die er gelegentlich schrieb, einige vage Informationen gefaxt hatte. Leider war er sich da nicht sicher, sodass die Beantwortung dieser Frage und mögliche Schlussfolgerungen daraus noch ein bisschen warten mussten.

Müller zückte ein Blatt Papier und einen Kugelschreiber und begann einen Zeitplan zu erstellen. Heute war Faschingssamstag, der 25. Februar. Eine Leuchtschrift im Zentrum des Ortes hatte angekündigt, dass an diesem Tag ein Faschingsumzug stattfinden sollte. Er wusste zwar nicht, wie wetterfest die Faschingsnarren von Kohfidisch waren, denn bei seinem Marsch durch das Dorf hatte er noch nichts gesehen, was auf einen Umzug hindeutete; sollte aber doch noch etwas durchgeführt werden, so wollte er sich diese Gelegenheit keinesfalls entgehen lassen, um sich ein wenig unter die Ortsbevölkerung zu mischen. Für den Fall, dass der dichte Schneefall öffentliches Treiben aber unmöglich machte, hatte Müller vor, gleich nach einer kleinen mittäglichen Stärkung, die er wieder im Gasthaus zum Weinberg einnehmen wollte, auf den Csaterberg zu wandern und sich vor Ort ein wenig umzusehen. Und abends konnte er ja in seiner Pension den Wirtshausgesprächen lauschen. Vielleicht war ja bis dahin auch Steiners Groll schon so weit verschwunden, dass er mit dem Wirt heute doch noch ein paar Worte wechseln konnte.

Das vordringlichste Ziel war aber zweifelsohne herauszufinden, wer hinter den Buchstaben P.F. steckte bzw. ihn – oder auch sie? – darauf aufmerksam zu machen, dass der, dem er geschrieben hatte, nun endlich – wenn auch mit etwas Verspätung – in Kohfidisch eingetroffen war. Wenn es sich bei P.F. um die Initialen seines möglichen Informanten handelte, so würde es sich schon irgendwie herausfinden lassen, wer dahintersteckte. Im burgenländischen Telefonbuch, das Müller sich bereits zu Hause in Neulengbach angesehen hatte, fand er vier Familiennamen, die mit P begannen und bei denen die Vornamen ein F aufwiesen. Falls das F für den Familiennamen stand und das P für den Vornamen, kam eine weitere Möglichkeit dazu. Natürlich konnte es sich auch um jemanden handeln, der im Telefonbuch nicht aufschien. Am unangenehmsten für ihn war allerdings die Vorstellung, dass P.F. für etwas ganz anderes stand als einen Namen. Doch das hielt Müller für eher unwahrscheinlich. Außerdem hatte der unbekannte Verfasser dieser kurzen Nachricht ja ohnehin angekündigt, dass er sich von sich aus melden würde, sobald Müller im Gasthaus zum Weinberg abgestiegen war. Allerdings hatte er den Brief im August erhalten und nun war bereits Februar – vielleicht hatte P.F. also die Hoffnung auch schon aufgegeben, dass Müller kommen würde; denn noch einmal hatte er ihm ja nicht geschrieben.

Aber was konnte P.F. überhaupt wissen? Vor allem, welche Informationen lagen ihm allein vor und waren der Öffentlichkeit unbekannt? Es schien ja nach außen so, als ob der Verkauf einer ganzen Reihe von Weingärten samt den dazu gehörigen Kellerstöckln tatsächlich völlig legal vor sich gegangen war. Müller hatte zwar im letzten Sommer auf einen Tipp eines Oberwarter Lokalredakteurs hin einen eigenen Artikel verfasst und darin davor gewarnt, dass wirklich jedes kleine noch unberührte Örtchen durch eine entsprechende touristische Aufschließung mehr oder weniger zerstört werden könnte. Mehr war es ja nicht gewesen, und in erster Linie hatte ihm die Information auch deshalb ganz gut gepasst, weil sein Partner und er gerade an einem neuen Buch arbeiteten, das die Todsünden des Massentourismus aufdecken sollte. Da war die Csaterberggeschichte nur ein kleines Bausteinchen gewesen, um das Thema wieder stärker ins öffentliche Bewusstsein zu bringen und vielleicht auch schon vorzubauen für einen hoffentlich großen kommerziellen Erfolg ihres Buches, das noch in diesem Jahr erscheinen sollte.

Aber solch allgemeine Sorgen waren es wohl nicht, die P.F. plagten; er hatte, wenn denn wirklich etwas dahinter steckte, wohl konkretere, handfestere Befürchtungen – das spürte Müller. Hatte es schon bei der Abwicklung der Verkäufe Ungereimtheiten gegeben? Irgendwie war es nur ein unbestimmtes Gefühl, das ihn von Haus aus in diese Richtung denken ließ, und die gereizte Reaktion des Wirtes in seiner Pension, als er auf den Csaterberg zu sprechen kam, hatte ihn darin bestärkt, dass tatsächlich manches nicht in Ordnung sein könnte.

Aber was? Der Zeitungsartikel, den er vor sich liegen hatte, sprach davon, dass nun endlich mit dem Geld der neuen Besitzer viele der Bausünden der letzten Jahre wieder beseitigt und die Kellerstöckl durchwegs dem ursprünglichen Csaterbergbaustil angepasst werden sollten, und zwar in einer Form, wie das sonst nicht leicht möglich gewesen wäre. Die über neunzig Keller, die ihren Besitzer gewechselt hatten, würden dann in weiterer Folge an Urlauber vermietet werden können, die in einer der unberührtesten Gegenden Österreichs wunderschöne, idyllische und erholsame Tage verbringen könnten – ohne auf den sonst üblichen Komfort verzichten zu müssen, versteht sich. Und die ganze Region würde natürlich davon profitieren. All das las sich wie eine Werbeannonce der neuen Besitzer.

War wirklich alles so rosig wie hier beschrieben? Müller zweifelte ernsthaft daran. Irgendetwas stimmte da nicht, da war er sich ziemlich sicher. Als er zum ersten Mal von der Sache gehört hatte, war er ganz verwundert darüber gewesen, dass so viele Besitzer von Grundstücken und Weinbergkellern ihr Eigentum so ohne weiteres

abgetreten hatten. Wahrscheinlich gegen stolze Preise, aber trotzdem. Bisher hatte er immer nur gehört, dass es ziemlich schwierig sei, ein Kellerstöckl am Csaterberg käuflich zu erwerben, weil kaum jemand verkaufen wollte. Und jetzt taten es gleich über neunzig auf einmal? Das erschien ihm mehr als seltsam.
Aber inzwischen waren mehrere Monate vergangen, und niemand schien sich aufzuregen. Wenn die Betroffenen in irgendeiner Form das Gefühl hatten, über´s Ohr gehauen worden zu sein, dann hätte ja mittlerweile wohl längst der eine oder andere dagegen rebelliert, eine Prozesslawine losgetreten oder was auch immer. Aber nichts dergleichen. Und schließlich mussten ja auch öffentliche Stellen damit befasst worden sein, musste die Grundverkehrskommission ihr Okay gegeben haben. Die konnten ja wohl kaum alle unter einer Decke stecken.
„Sind Sie einer von den neuen Besitzern?"
Erschrocken schaute Müller, der ganz in seine Gedanken versunken war, auf und in die schönen dunklen Augen der jungen Kellnerin.

7

In der Gaststube war tatsächlich die Hölle los. In diesem Jahr hatte der örtliche Verschönerungsverein die feucht-fröhliche Aufgabe, den Faschingsumzug durchzuführen. Und etliche Verschönerer waren ganz offensichtlich schon seit den frühen Morgenstunden dabei, sich gegen den bevorstehenden Aufenthalt draußen in der winterlichen Kälte entsprechend frostsicher zu machen.
„Wo treibst du dich denn herum? Da kann man ja verdursten!"
Das war so ziemlich das Netteste, was ich gleich nach meinem Wiederauftauchen zu hören bekam. Für einige Minuten hatte ich mehr als alle Hände voll zu tun, um den angestauten Durst dieser grölenden Meute zu stillen. Und erst nachdem ich selber einen weißen Spritzer und einen Pfiff Bier hinuntergenötigt bekommen hatte,

ergab sich die Gelegenheit, kurz in die Küche zu entkommen und noch einmal einen Blick auf, besser gesagt in das Kuvert zu werfen. Ja, ich hatte es tatsächlich mitgehen lassen! Im Endeffekt fast mehr unfreiwillig als bewusst, denn Eva wich nicht mehr von meiner Seite, bis ich das – natürlich noch immer unaufgeräumte – Zimmer wieder verlassen hatte. Ob sie etwas ahnte und was sie sich dachte, wusste ich nicht, aber mein Verhalten kam ihr jedenfalls so seltsam vor, dass ich keine Chance mehr hatte, den Umschlag unbemerkt wieder in den Koffer zurückzulegen. Was blieb mir also übrig, als ihn mitzunehmen? Und wenn er nun schon einmal da war, konnte ich ihn auch noch genauer unter die Lupe nehmen; später war immer noch Zeit genug, um ihn wieder zurückzubringen, und Maria, die am Nachmittag Eva ablöste, konnte dann noch immer rechtzeitig vor dem Abend das Zimmer von Müller sauber machen. So wie es aussah, wollte der das Zimmer ja ohnehin nur zum Schlafen benutzen. Was hätte er auch tagsüber oben machen sollen?

Auf dem Kuvert war nur eine Adresse angegeben, aber kein Absender. An irgendeinen Willi Rieger in Neulengbach hatte ein Unbekannter das Schriftstück geschickt. Ich konnte mit dem Namen zwar nicht viel anfangen, aber irgendwie kam er mir doch bekannt vor. Menschen mit diesem Allerweltsnamen gab es allerdings sicher zur Genüge! Vor allem aus einem Grund machte ich mir nicht länger Gedanken über diesen Rieger, denn viel interessanter erschien mir auf dem Umschlag etwas ganz anderes: Der Brief war in Oberwart aufgegeben worden!

Da ich zwischendurch immer wieder zum Einschenken in die Gaststube hinausmusste, konnte ich mich leider nicht völlig auf mein geheimes Fundstück konzentrieren. Umgekehrt hatte mich aber auch die Neugier zu sehr gepackt, um noch länger mit meiner Untersuchung des Kuverts zu warten – außerdem wollte ich es ja auch schnellstens wieder in den Koffer zurückbefördern, was schwer genug sein würde. Also schlug ich weitere Einladungen zu

Getränken vorerst aus, was verschiedenste Fragen nach meinem Gesundheits- und Geisteszustand auslöste, und sah mir auch noch den Inhalt des Kuverts an.
Da war zunächst eben ein Artikel über den Verkauf des Csaterbergs, den ich mir selber im vorigen Sommer ausgeschnitten und aufgehoben hatte. Der Verfasser hatte kurz darüber berichtet, dass ausländische Investoren womöglich dabei waren, große Teile des idyllischen Weinbaugebiets am burgenländischen Csaterberg zu vermarkten und damit eine der letzten unberührten Ruheoasen Österreichs zu zerstören. Meines Wissens war dies überhaupt der einzige Zeitungsbericht gewesen, der sich kritisch über die Vorgänge rund um den Csaterberg geäußert hatte; alle anderen, allen voran diverse Lokalzeitungen, besonders solche, die in ein gewisses politisches Lager zu rechnen waren, hatten sich mit euphorischen Tönen und Jubelgesängen angesichts der tollen Zukunftsaussichten für den Csaterberg und seine Umgebung gegenseitig überboten. Ich war über diese sicher ganz bewusst gestartete Kampagne derart verärgert, dass ich es zunächst gar nicht glauben konnte, auch eine kritische Stimme in diesem Konzert zu vernehmen.
Ich kannte diesen Artikel also bereits, überflog ihn aber doch noch einmal und blieb schließlich ganz erstaunt bei den letzten beiden Buchstaben hängen. Denn unter dem Artikel standen die Initialen W.R. Sollte das ein Zufall sein? War dieser Willi Rieger aus Neulengbach der Journalist, der diesen Artikel geschrieben hatte? Und warum trug ein gewisser Müller ein Kuvert mit sich herum, das an Rieger adressiert war?
Ich konnte mir keinen richtigen Reim drauf machen, vor allem weil mein Interesse natürlich auch dem zweiten Zettel galt, der sich in dem Umschlag befand. Es war ein kleines weißes Blatt, auf dem sich ein offensichtlich mit einer alten Schreibmaschine geschriebener Text befand:

„Wenn Sie der sind, für den ich Sie halte, dann kommen Sie her, steigen im Gasthaus zum Weinberg ab und warten, bis ich mich wieder bei Ihnen melde. Ich kann Sie mit absolut hieb- und stichfesten Beweisen versorgen. Mir selbst ist die Kartoffel einfach zu heiß, aber ich glaube, Sie verfügen über die nötigen Verbindungen, um die Bombe hochgehen zu lassen!"
P.F.

Ich verstand zwar nicht, was das zu bedeuten hatte, aber dennoch haute mich dieser kleine Zettel fast um. Was war hier bloß los? Und wer war P.F.?
Paul Oswald holte mich aus meiner Gedankenwelt zurück in die Wirtshausrealität.
„Sag mal, Günther, willst du uns heute durstig sterben lassen? Jetzt leg das Geschreibsel endlich weg und komm heraus zu uns, Mike und Rudi sind auch schon da. Lust auf Revanche?"

8

„Darf ich Sie zu einem Kaffee einladen?"
„Aber gerne!"
Die Kellnerin verschwand vorübergehend hinter der Theke und kam wenig später wieder an den Tisch zurück. Müller war immer noch der einzige Gast in dem kleinen Lokal, daher konnte sie sich den Luxus wohl bedenkenlos leisten, sich kurz an seinen Tisch zu setzen.
„Sie sind also keiner von den neuen Csaterberglern?"
Während Müller noch einmal verneinte, hatte er sich entschlossen, dieser jungen Frau gegenüber gleich mit offenen Karten zu spielen. Vielleicht konnte er in ihr ja die erste Verbündete im Ort für sich gewinnen, und sie wäre keine schlechte Wahl gewesen, denn sie hatte ihm sofort gefallen, als er in das Lokal getreten war.

„Aber Sie haben trotzdem irgendwie Recht mit Ihrer Vermutung."
„Ich verstehe nicht ganz ..."
Müller lächelte. „Ich leider auch nicht! Und genau deshalb bin ich da. Soll heißen, ich möchte mich ein bisschen umhören, wer die neuen Besitzer am Csaterberg sind und was sie vorhaben."
„Ist denn irgendetwas nicht in Ordnung?" Müller sah in die wunderschönen fragenden Augen seines Gegenübers, von dem er noch nicht einmal den Namen wusste. Weil er sie einige Sekunden lang anstarrte, zog sie die Augenbrauen hoch.
„Was ist?"
„Darf ich Sie nach Ihrem Vornamen fragen?" Müller legte einen möglichst unbefangenen Unterton in seine Frage. Er konnte bei seinem hübschen Gegenüber jetzt aus mehreren Gründen alles andere brauchen als übergroße Vorsicht oder gar Misstrauen.
„Sandra."
„Ich heiße Willi ..." Müller zögerte, so weit hatte er gar nicht gehen wollen, und um quasi nochmals einen halben Schritt zurückzumachen, fügte er hinzu: „Willi Müller."
„Also, Willi Müller, was ist jetzt mit dem Csaterberg?"
„Das würde ich gerne von Ihnen wissen. Ich habe zwar eine ganz weitschichtige Beziehung zu dieser Gegend, und in meiner Kindheit war ich auch einige Male da. Aber sonst weiß ich leider im Moment noch viel zu wenig über Ihre Heimat."
„Und warum wollen Sie mehr darüber wissen? Sind Sie Polizist, Detektiv oder dergleichen?"
Müller lachte auf. Mit zwei Menschen hatte er in diesem Ort bisher Gespräche geführt, und beiden war er nach kurzer Zeit so verdächtig, dass sie ihn für einen Polizisten oder noch Schlimmeres hielten. Kein Wunder, dass sein Partner ihn nie zum Recherchieren einsetzte, sondern immer nur zum Schreiben.
„Warum lachen Sie?"
„Weil Sie wohl schon die Zweite sind, die mich hier in Kohfidisch für einen Polizisten hält!"

„Also sind Sie keiner?!“
„Nein, bin ich nicht. Aber ich gebe zu, meine Neugier ist trotzdem durchaus beruflich bedingt. Ich bin Journalist. Und irgendwie ist mir zu Ohren gekommen, dass möglicherweise eine der idyllischsten Landschaften Österreichs gefährdet sein könnte.“
„Sie meinen unseren Csaterberg?“
„Ganz recht.“ Einen Moment überlegte Müller, ob er die Kellnerin nun tatsächlich gleich mit gezielten Fragen konfrontieren oder doch lieber von hinten herum in einem längeren unauffälligen Gespräch aushorchen sollte. Doch zu Variante zwei fehlte ihm irgendwie die Geduld.
„Was wissen *Sie* eigentlich über den Verkauf der Kellerstöckl?“
„Ich …“ Sandra zögerte einen Augenblick. Müller hatte den Eindruck, dass auch sie, durchaus verständlicherweise, nicht genau wusste, woran sie bei ihm war. „Viel kann ich Ihnen leider nicht sagen, Willi. Ehrlich gesagt, so wirklich interessiert mich die Geschichte auch nicht. Wenn ich mit meinem Studium fertig bin, hält mich hier sowieso nichts mehr.“
„Sie studieren … in Wien?“
„Ja, genau, und zwar BWL. Nur am Wochenende helfe ich hier im Kaffeehaus meiner Eltern ein wenig aus.“
„Gab es denn hier im Lokal nie Gespräche über die Weingartenverkäufe?“
„Doch, ab und zu habe ich schon ein bisschen etwas mitbekommen. Aber immer nur, wenn mein Vater auch da war. Und dann konnte ich mich meist zurückziehen.“
„Hatten Sie den Eindruck, dass alle hier mit den neuen Investoren wirklich so glücklich sind, wie die lokalen Zeitungen zu vermitteln versuchen?“
„Im Großen und Ganzen schon, glaube ich. Die meisten scheinen sich vom vorausgesagten Touristenstrom durchaus Positives zu erwarten. Mein Vater ist natürlich auch Feuer und Flamme. Sie können sich ja vorstellen, dass eine Tankstelle und ein kleines

Kaffeehaus hier in Kohfidisch bisher nicht gerade Goldgruben waren. Deshalb hat er das Ganze im Gemeinderat immer befürwortet."
„Ihr Vater ist im Gemeinderat?" Müller richtete sich auf und spürte, wie sich sein Puls beschleunigte, gerade so, als ob er unmittelbar vor der Lösung des vielleicht gar nicht vorhandenen Problems stände.
„Ja, seit vielen Jahren schon. Früher, obwohl Mama dagegen war, und jetzt, gerade weil sie mit den vielen Sitzungen nicht einverstanden ist. Ich verstehe ihn, dass er ab und zu raus muss."
„Hat er nie Genaueres von diesen Sitzungen erzählt?" Kaum hatte er diese Frage ausgesprochen, wusste Müller auch schon, dass er auf diese Art und mit seiner offen zur Schau getragenen Ungeduld nicht viel erreichen würde. „Ich meine, hat er davon erzählt, dass es im Gemeinderat oder auch in der Ortsbevölkerung Widerstände gegeben hat? Waren wirklich alle mit der neuen Entwicklung zufrieden?"
Sandra lächelte. „Na Sie sind ja überhaupt nicht neugierig, was? Wie schaut´s eigentlich mit einem Informantenhonorar aus, wenn die Sache in den Medien groß rauskommt? Arme Studentinnen können immer ein Zubrot brauchen! Für welche Zeitung schreiben Sie eigentlich? Und woher weiß ich, dass Sie nicht ein ganz anderer sind als der, für den Sie sich ausgeben?"
Da die hübsche junge Frau nicht nur lächelte, sondern das Ganze mit einem eher humorvollen Unterton gesagt hatte, wusste Müller, dass Sie sich sicher nicht vor lauter Misstrauen von ihm zurückziehen würde.
„Ich verspreche Ihnen, wenn aus dem Ganzen tatsächlich eine richtige Story wird, dann können wir uns gerne über ein kleines Mitarbeiterhonorar unterhalten. Aber bis es so weit ist, müssen Sie mir schon noch weitere Details anvertrauen, sofern Sie Ihnen bekannt sind!"
„Also gut. Sie wollen hören, ob es auch jemanden gegeben hat, der

dagegen war. Dass Sie diese Frage stellen, beweist, wie wenig Sie über unsere Gemeinde wissen. Natürlich war jemand dagegen! Einer war immer gegen alles im Gemeinderat, weil er der anderen politischen Seite angehörte. Und das bedeutete für diesen Mann, dagegen sein zu müssen. So hat es mein Vater jedenfalls geschildert."

„Und wer ist dieser Berufsprotestierer?"

„Unser Herr Vizebürgermeister ist oder besser gesagt war ..."

In diesem Moment ging die Tür auf und eine Gruppe grölender Faschingsnarren torkelte in das Lokal. Müller, der den Lärm schon herannahen gehört hatte, war dennoch erstaunt, wie laut wenige Menschen sein konnten. Sandra stand auf und ging hinter die Theke, jetzt hatte sie keine Zeit mehr für ihn. Aber von ihr erwartete er sich noch einiges, hierher würde er sicher zurückkommen. Doch im Moment war er nur drauf aus, dieser Schreierei zu entfliehen. Er bezahlte gleich an der Theke, setzte sich dann aber nochmals und ließ einen Zettel mit seiner Handynummer und seinem Vornamen auf dem Tisch liegen. Dann verließ er das Lokal.

Es schneite immer noch heftig, aber Müller bemerkte das kaum. Jetzt galt es, möglichst rasch den Vizebürgermeister ausfindig zu machen und mit ihm zu sprechen. Vielleicht wurde durch diesen Geist, der stets verneint, zumindest was die Gemeindepolitik betraf, klar, ob es sich überhaupt lohnte, weiter an der Sache dranzubleiben.

9

Ich hatte mit Paul, Mike und Rudi erst zu spielen beginnen können, nachdem die inzwischen gut aufgewärmte Horde vom Verschönerungsverein aus dem Lokal zu ihrem Umzugswagen vor dem Gasthaus zurückgekehrt war. Schließlich näherte sich langsam, aber sicher die Mittagszeit, und die Faschingsnarren wollten

am Ende dieses Tages ja doch zumindest einem Großteil des Dorfes einen Besuch abgestattet haben.
„Jetzt reicht´s mir aber!" Mein Spielpartner Rudi Taschler warf die Karten erzürnt auf den Tisch und stürmte aus der Gaststube in Richtung WC-Anlagen. Paul und Mike grinsten und bestellten eine Runde Bier, die erneut auf meine und Rudis Kosten ging. Ich war einfach viel zu unkonzentriert, um beim Kartenspielen die gewohnt gute Figur abzugeben. Die zwei gespielten Bummerl hatten sich dementsprechend schnell zu Katastrophen für mich und Rudi entwickelt.
Als dieser vom WC zurückkam, setzte er sich gar nicht wieder an den Kartentisch zurück, sondern demonstrierte durch sein einsames und in sich gekehrtes Trinken an der Schank, dass er vom Kartenspielen an diesem Vormittag, zumindest mit mir als Partner, genug hatte.
„Was ist mit dir, hattest du am Klo eine Erscheinung?" Mike war ein echter Weltmeister, wenn es darum ging, Rudi auf die Palme zu bringen. Doch entgegen sonstigen Gepflogenheiten reagierte Rudi nicht, sondern trank sein Krügerl zügig aus und wollte scheinbar wort- und grußlos das Lokal verlassen.
„Warte einen Augenblick!" Ich trottete ihm hinterher in Richtung Ausgang.
„Lass mich in Ruhe! Schmiert bei einem Schnapser des Gegners ein Ass, obwohl er auch eine Dame parat hätte, ich kann´s nicht glauben!"
„Rudi, es tut mir leid, ich war in Gedanken ganz woanders!"
„Na das hab ich bemerkt! Heb dir deine Spinnereien das nächste Mal für wen anders auf!"
Rudi war richtig sauer. Wenn´s um´s Kartenspielen ging, verstand er keinen Spaß, das wusste ich ohnehin. Ich wusste aber auch, dass er es spätestens in einer halben Stunde schon wieder vergessen und verziehen hatte, was ihm jetzt schwer auf der Leber lag. Trotzdem wollte ich diesmal nicht so lange warten.

„Jetzt bleib doch noch einen Augenblick!" Ich zog ihn am Arm von der Eingangstür weg und in eine kleine Seitennische der Gaststube.
„Was willst du? Ich setz mich jetzt sicher nicht mit dir an den Tisch und spiel weiter. Da musst du dir schon einen anderen Dummen suchen!"
„Will ich doch gar nicht! Aber ich hätte dir gerne etwas gezeigt!" Ich zog das Kuvert unter meinem Hemd hervor und hielt ihm das kleine weiße Blatt hin, das mich die ganze Zeit beschäftigte.
„Was ist das?" Rudi sah mich fragend an, nachdem er den Zettel überflogen hatte.
„Weißt du, wer P.F. ist?"
„Keine Ahnung! Zum Rätselraten habe ich im Moment auch wirklich keine Lust!"
„Pomper Fritz!"
„Pomper Fritz? Unser verstorbener Vizebürgermeister? Wie kommst du darauf?"
„Ganz einfach: Dieser Zettel steckte in einem Kuvert, in dem sich auch dieser Zeitungsartikel befand!" Ich überreichte Rudi den Ausschnitt.
„Die leidige Csaterberggeschichte. Ich erinnere mich, ich habe den Artikel selber gelesen. Und?"
„Was und? Weißt du denn nicht mehr, wie sehr gerade Fritz gegen die Verkäufe der Kellerstöckl war und was er uns gegenüber bei den fraktionellen Sitzungen angedeutet hat? Uns kam die Sache ja auch mehr als seltsam vor, weißt du nicht mehr! Dementsprechend hoch ist es bei den damaligen Sitzungen im Gemeinderat ja auch hergegangen!"
„Du vergisst eins: Im Gemeinderat war immer die Hölle los. Schließlich wetterte Fritz ja gegen fast alles, was ein anderer in die Sitzung einbrachte. Ich war so etwas wie sein Freund, und seinen Einsatz für unseren Fußballverein habe ich immer zu schätzen gewusst. Aber manchmal ging er mir ganz schön auf die Nerven! Kein Wunder, dass ihn mit 57 der Schlag getroffen hat!"

„*Wenn* er ihn getroffen hat!"
„Wie meinst du das?" Rudi setzte sich an einen der Tische, offensichtlich war er jetzt doch neugierig geworden.
„Vielleicht ist Fritz ja gar keines natürlichen Todes gestorben, sondern ..."
„Sondern was?"
„Na du weißt schon, vielleicht hat jemand nachgeholfen!"
„Ich glaub, jetzt bist du endgültig übergeschnappt. Ich hab ja immer gesagt, wer zu viel liest, verwechselt irgendwann das, was er liest, mit der eigentlichen Wirklichkeit. Aber du weißt ja sicher auch schon, wer nachgeholfen hat!"
„Möglicherweise ..."
„Ich hab´s gewusst!" Rudi prustete so richtig los und konnte sich gar nicht mehr halten vor lauter Lachen.
„Nicht so laut, muss ..."
„... ja nicht gleich jeder wissen, dass du übergeschnappt bist! Du hast Recht! Also: wer ist es?"
Ich war so sehr auf meine Gedanken von vorhin fixiert, dass mir erst viel später einfiel, wie zutiefst beleidigt ich längst hätte reagieren müssen.
„Du hast mich noch gar nicht gefragt, wo ich dieses Kuvert und die beiden Texte herhabe. Ich sage es dir, auch wenn du es nicht wissen willst. Denn vielleicht verstehst du ja dann, was ich dir klarmachen möchte. Seit gestern Abend habe ich einen Gast in einem meiner Zimmer ..."
„Ah, dem gehört das mir nicht bekannte Auto vor deiner Haustür mit dem St. Pölten-Land-Kennzeichen!"
„Sankt Pölten-Land, das ist ja interessant! Weißt du, dass ich das Auto noch gar nicht gesehen habe?"
„Und was ist daran so interessant?"
„Du lässt mich ja nicht erzählen!"
Ich wartete auf eine neuerliche Unterbrechung, doch diesmal hielt sich Rudi tatsächlich zurück.

„Also nochmals zu meinem Gast. In seinem Koffer habe ich das Kuvert gefunden!" Ich wartete gespannt, wie Rudi auf diese Nachricht reagieren würde. Doch nichts, nur ein leichtes Kopfschütteln.

„Na, was folgerst du daraus?"

„Dass du seit neuestem in der Wäsche fremder Menschen herumwühlst. Die Scheidung hat dir wirklich nicht gut getan!"

Spätestens jetzt hätte ich bemerken müssen, dass Rudi ganz offensichtlich kein Dr. Watson war und dass sich mit ihm kein ernst zu nehmendes kriminalistisches Gespräch führen ließ. Aber manchmal ist es ja gerade die unbedingte Hartnäckigkeit des Ermittlers, die in einschlägigen Krimis zur Lösung führt. Also gab ich nicht auf.

„Es liegt doch ganz offensichtlich auf der Hand, dass unser Vizebürgermeister diesem Journalisten Willi Rieger aus Neulengbach diese Nachricht hat zukommen lassen. Er wollte ihn mit brandheißen Informationen impfen, ist aber nicht mehr dazugekommen. Irgendjemand muss davon Wind bekommen haben, dass Fritz etwas weiß. Und dieser Jemand hat ihn rechtzeitig beseitigt!"

Rudis Gesichtsausdruck sprach Bände und zeigte mir sehr deutlich, was er von meiner Theorie hielt.

„Könnte ich nicht Recht haben?"

„Jetzt hör aber auf mit dem Unsinn! Fritz hat der Schlag getroffen. Das haben unser Doktor und die im Spital eindeutig festgestellt. Schließlich war es ja nicht sein erster Schlaganfall. Und bei seinem Körperumfang und seinem cholerischen Temperament auch kein Wunder, dass es so enden musste!"

„Der Täter wird sich das einfach zunutze gemacht und entsprechend geschickt gehandelt haben."

„An welche konkrete Methode hast du gedacht: Dauerdebatten im Gemeinderat? Oder Mehrstundengutscheine für das neue Bordell beim Flughafen mit Orgasmusgarantie, bis der Tod durch Herz- und Hirnversagen eintritt?"

„Mach dich nur lustig über mich! Ich weiß auch nicht, wie er es

gemacht hat. Aber was, wenn ich Recht habe und ein Mörder bei mir im Haus wohnt?"
„Bei dir im Haus?"
„Ja, dieser Müller oder wie er wirklich heißt! Warum hätte er sonst diese Unterlagen bei sich im Koffer?"
„Auf das Naheliegendste kommst du nicht, was?"
„Nämlich?"
„Dass dein Pensionsgast Willi Rieger heißt und unter falschem Namen hier abgestiegen ist, um nicht gleich erkannt zu werden!"
Ich dachte nach. Konnte Rudi richtig liegen? Möglich war es immerhin. Irgendwie hätte diese Variante tatsächlich gut gepasst. Wenn Fritz ihm geschrieben hatte, dann wäre es ja ganz normal gewesen, dass er bei mir im Gasthaus zum Weinberg abgestiegen war. Aber Fritz weilte seit drei Monaten nicht mehr unter den Lebenden. Warum erschien Rieger erst jetzt? Irgendetwas gefiel mir an dieser Variante nicht.
„Geht ihr jetzt auch?" Rudis Worte holten mich aus meiner Gedankenwelt zurück. Ich drehte mich um und sah, dass Mike und Paul eben das Gasthaus verlassen wollten.
„Was sollen wir hier? Dieser sogenannte Wirt lässt uns heute ja verdursten. Da schließen wir uns lieber den Faschingsnarren an!"

10

Während Müller sich über weitgehend ungeräumte Gehsteige zurück in Richtung Zentrum des Dorfes kämpfte, begegnete er immer wieder kleineren Gruppen von singenden Faschingsnarren, die offensichtlich zu zweit und zu dritt die einzelnen Häuser besuchten und an diesem tiefwinterlichen Tag meist gleich an der Tür mit Getränken und kleinen Spenden abgespeist wurden, weil niemand sie bei diesem Wetter ins Haus lassen wollte. Auch ihm wurde immer wieder Alkohol angeboten, meist gleich aus irgendwelchen

Flaschen mit offensichtlich Hochprozentigem, aber bis auf ein hartnäckiges Duo, das sich nicht abschütteln ließ, ehe er einen Schluck Rotwein aus einem Doppler getrunken hatte, konnte er allen anderen Narrenattacken ziemlich glimpflich entkommen. Scheinbar half es, dass er ein Fremder war.

Als Müller über eine Brücke gehen wollte, bemerkte er rechter Hand davor gerade noch rechtzeitig ein an sich recht unauffälliges Haus, das die etwas großspurige Aufschrift „Rathaus" trug. Zwar rechnete er nicht damit, dass es am Faschingssamstag geöffnet sein würde, aber dennoch überquerte er die Straße und erreichte durch eine überraschenderweise geöffnete Außentür so etwas wie eine kleine Vorhalle und das Stiegenhaus. Und tatsächlich befand sich vor dem Aufgang in den ersten und einzigen Stock eine Hinweistafel, die einem dabei half, das richtige Zimmer in dem kleinen Amtsgebäude zu finden. Müller entdeckte rasch, was er suchte: In Zimmer zwölf hielt Vizebürgermeister Roman Hofer seine Amtsstunden ab, und zwar immer mittwochs von zehn bis zwölf Uhr. Roman Hofer hieß der Neinsager also, ihn galt es, so schnell wie möglich zu finden.

Müller wollte schon wieder gehen, als es ihm plötzlich einen Riss gab.

„Suchen Sie jemanden?" Oben am Treppenabsatz stand ein älterer Mann mit schütterem Haar.

„Müller mein Name. Ich bin seit gestern hier in Kohfidisch und habe ein Zimmer im Gasthof zum Weinberg. Wissen Sie vielleicht, wo ich Ihren Vizebürgermeister finde?"

„Roman Hofer, meinen Sie?"

„Ja genau – oder gibt´s noch einen anderen?"

„Im Moment nicht. Herr Hofer ist auch der Obmann des örtlichen Verschönerungsvereins. Und dieser führt heuer den Faschingsumzug durch, wie Sie vielleicht schon auf unserer Leuchtanzeige gelesen haben. Wenn Sie ihn dringend brauchen, dann helfe ich Ihnen. Übrigens: ich bin der Amtmann der Gemeinde, Ignaz

Fichtinger. Wir bemühen uns sehr um eine Belebung des Tourismus in unserer Region. Daher freut es mich, dass Sie zu uns gekommen sind. Kennen Sie Roman Hofer schon länger?"
„Ich kenne ihn gar nicht, hätte aber gerne mit ihm gesprochen."
„Worüber?"
„Entschuldigen Sie, aber das würde ich lieber mit ihm selber besprechen. Auf Wiedersehen!"
Die allzu aufdringliche Hilfsbereitschaft des Herrn Amtmann wurde Müller unangenehm, und er verließ das Gemeindeamt wieder. Er würde diesen Hofer schon alleine finden, wenn er da draußen irgendwo unterwegs war.
Ein Blick auf die Uhr zeigte ihm, dass es aber mittlerweile durchaus Zeit wurde, sich ein wenig zu stärken. Beim Mittagessen konnte er außerdem seine Gedanken ein wenig sammeln und sich dann wieder auf die Suche machen. Die erste Adresse war der Vizebürgermeister, dieser konnte ihm vielleicht dabei helfen, P.F. zu finden. Und dann wollte er ja endlich hinauf auf den Berg.
Vor dem Gasthaus zum Weinberg stand ein Traktor mit Anhänger, der schön geschmückt war und den Faschingsnarren als rollender Ausschank diente. Eine ganze Traube von Menschen stand herum, aß heiße Würstel und trank aus dampfenden Bechern. Einen Moment lang überlegte Müller, ob er sich unter diese Menge mischen sollte, doch dann zog er ein Essen im Warmen und im Sitzen doch vor.
Im Gasthaus war überhaupt nichts los. Müller setzte sich an den Tisch, an dem er auch schon gefrühstückt hatte. Doch als mehrere Minuten lang niemand kam, um ihn zu bedienen, auch der Wirt selber nicht, stand er auf und wollte noch vor dem Bestellen auf sein Zimmer gehen. In dem Moment tauchte Steiner aus der Küche auf.
„Gibt´s bei Ihnen etwas zu essen? Ich muss nur rasch auf mein Zimmer und würde mich dann gerne bei Ihnen ein wenig stärken."
„Was? Auf´s Zimmer?" Der Wirt stellte sich Müller in den Weg und streckte die Hände zur Seite wie ein Verkehrspolizist, der dem

Querverkehr den Vorrang zuweist. Nur gab es hier keinen Querverkehr.
„Darf ich bitte vorbei?" Müller blieb völlig ruhig, obwohl ihm das Verhalten Steiners mehr als seltsam vorkam.
„Nein, nein ... im Moment geht´s leider nicht ... Im Stiegenhaus ist ein Stück vom Verputz heruntergefallen. Jede Menge Staub! Und Eva ist erst dabei, alles wieder sauber zu machen. Nehmen Sie doch noch ein Weilchen Platz! Ich bringe Ihnen einmal etwas zum Trinken. Und in der Zwischenzeit wird der Aufgang in den ersten Stock wieder völlig sauber sein!"
Da Steiner keine Anstalten machte, den Weg freizugeben, blieb Müller nichts anderes übrig, als sich zu setzen. Der Wirt brachte ihm ein großes Bier, das Müller gar nicht bestellt hatte, und verschwand daraufhin. Gut fünf Minuten später tauchte er wieder auf.
„Alles in Ordnung, Sie können jetzt hinauf. Was darf ich Ihnen inzwischen zubereiten? Empfehlen kann ich unsere Schlachtplatte mit hausgemachtem Sauerkraut!"
Müller war nicht wählerisch und schätzte gute Hausmannskost durchaus. Er wechselte oben in seinem Zimmer die Socken, die trotz seiner festen Schuhe ein wenig nass geworden waren, und ging dann wieder hinunter in die Gaststube, wo er durch eine deftige und geschmacklich tolle Mahlzeit für die seltsamen Marotten des Wirts entschädigt wurde. Müller hatte nämlich im Stiegenhaus nicht feststellen können, wo Putz abgefallen sein könnte. Aber mit mittlerweile mehr als vollem Magen und wieder weitgehend trockenen Füßen war es ihm ziemlich egal, was der Wirt vorhin für seltsame Anwandlungen gehabt hatte.
Nach dem Essen und einem weiteren Bier, zu dem er sich neuerlich von Steiner einladen ließ, machte sich Müller wieder auf den Weg. Er hatte eine furchtbare Schwäche für Süßigkeiten, und als er sah, dass das Geschäft gleich vis a vis vom Gasthof zum Weinberg noch geöffnet war, überquerte er die Straße und wollte sich ein wenig mit Schokolade versorgen.

Nachdem er sich entschieden hatte, bezahlte er an der Kasse bei einer freundlichen älteren Frau, mit der er ein paar Höflichkeitsfloskeln wechselte. Währenddessen fiel sein Blick auf eine Todesanzeige, die in der Nähe der Kasse auf einem Brett befestigt war. Müller war wie hypnotisiert.

„... geben wir voller Trauer bekannt, dass unser lieber Sohn, Bruder und Onkel Friedrich Pomper am vergangenen Dienstag völlig überraschend im 57. Lebensjahr von Gott aus seinem überreichen Leben abberufen worden ist ..."

Friedrich Pomper! F.P. oder besser gesagt: P.F.! Konnte das ein Zufall sein?

„Kannten Sie ihn?" Die Kassiererin hatte offensichtlich Müllers Blick bemerkt, was im Übrigen keine besondere Kunst war.

„Nein, ich glaube nicht. Herzinfarkt?"

„Der Schlag hat ihn getroffen, unseren armen Fritz. Aber das war ja irgendwann zu erwarten. Ein echter Choleriker, wissen Sie! Der konnte in die Luft gehen, besonders wenn es um Politisches ging. Im Gemeinderat flogen regelmäßig die Fetzen!"

„Er war im Gemeinderat?"

„Ja, Vizebürgermeister, er kandidierte für eine Bürgerliste."

11

Auch Rudi hatte sichtlich genug von mir und meinen Theorien, sodass ich mit einem Schlag ganz allein im Lokal zurückblieb. Das war mir aber im Moment gar nicht so unangenehm, zumal ich ohnehin Zeit benötigte, um ein wenig über all das nachzudenken, was sich in den letzten 18 Stunden so ereignet hatte.

Ich setzte mich an einen Tisch und starrte noch einmal auf das Kuvert, fast wie in der unsinnigen Hoffnung, dass es mir Antworten auf meine offenen Fragen geben würde. War ich Quartiergeber für einen Auftragskiller, der vor drei Monaten unseren Vizebürgermeister und jetzt vielleicht auch noch diesen Willi Rieger ermordet und sich seine Sachen samt Auto unter den Nagel gerissen hatte, weil die beiden zu viel über eine gewisse Sache wussten? Oder logierte der Journalist Willi Rieger unter falschem Namen bei mir, weil er von Fritz Pomper einen Tipp bekommen hatte? Aber aus dem Jenseits konnte der ja nicht geschrieben haben, und wenn Fritz bereits im Herbst Kontakt gesucht hatte, warum war Rieger jetzt erst gekommen? Und worin bestanden die „hieb- und stichfesten Beweise", von denen Fritz schrieb, immer vorausgesetzt, dass er P.F. war?

Diese und andere Fragen beschäftigten mich derart, dass ich erneut nicht bemerkte, wie Eva an meinen Tisch kam und mir bei meinen Tagträumen zusah.

„Chef, entschuldigen Sie, geht es Ihnen gut?" Ich wusste nicht, ob Eva das ehrlich meinte oder ob sie mich mittlerweile auch für verrückt hielt.

„Wie viele Portionen Sauerkraut soll ich vorbereiten?"

„Sofort, Eva!" Erfahrungsgemäß kamen am Faschingssamstag nicht viele zum Mittagessen ins Lokal, wofür ich volles Verständnis aufbrachte. Sollten die Vereine ruhig auch ihren Umsatz machen, über das ganze Jahr hinweg kam es mir ja wieder zugute, wenn das Vereinsleben gut funktionierte.

Nachdem ich ein paar offene Fragen mit Eva in der Küche geklärt hatte, ging ich wieder in die Gaststube hinaus. Da bemerkte ich erst, dass Müller wieder zurück war und offensichtlich auf sein Zimmer wollte. Ich fühlte mich einen Moment lang wie paralysiert, denn in diesem Augenblick fiel mir ein, dass ich das Kuvert immer noch bei mir hatte. Wie in Panik versperrte ich meinem Gast den Weg, und da mir nichts Besseres einfiel, faselte ich etwas von herabgefallenem Putz und dass erst wieder sauber gemacht werden müsse. Müller schien sich damit zufrieden zu geben, jedenfalls setzte er sich nieder, und ich konnte schnell ins Zimmer hinauf und den Brief zurücklegen. Auch als Müller sich später für kurze Zeit

aufs Zimmer zurückzog und wieder zurückkam, ließ er keinerlei Bemerkung fallen, die darauf schließen ließ, dass er etwas bemerkt hätte.
Nach dem Essen ging Müller wieder. Ich war der Versuchung nahe, ihm ein „Auf Wiedersehen, Herr Rieger!" nachzurufen, um endlich zu wissen, woran ich war. Aber dann besann ich mich und ließ es bleiben. Ich wollte lieber vorsichtig sein – denn was, wenn doch meine Variante stimmte? Dann stand ich wohl oder übel auf der schwarzen Liste eines brutalen Killers!

12

Müller hatte geradezu fluchtartig das Geschäft verlassen und war wieder in sein Zimmer im Gasthof zurückgekehrt. Erst später wurde ihm bewusst, dass er von der netten Frau an der Kasse eventuell noch mehr interessante Informationen hätte bekommen können. Außerdem hatte er sich die Parte zu wenig genau angesehen. Stand auf Todesanzeigen dieser Art auch eine Adresse drauf? Aber was hätte er mit der Adresse auch anfangen sollen, schließlich war Pomper ja tot. Wenn es sich beim Verstorbenen wirklich um seinen Informanten handelte, dann bekam die ganze Geschichte ja plötzlich eine ganz neue Dimension. Der Schlag habe ihn getroffen, sagte die Frau im Geschäft – aber was, wenn jemand nachgeholfen hatte? Vielleicht war Pomper tatsächlich im Besitz von brisantem Material gewesen und dadurch zu gefährlich geworden. Möglicherweise hatte er ja nicht nur ihm geschrieben, sondern die Betroffenen auch direkt unter Druck zu setzen oder gar zu erpressen versucht?
Müllers Gedanken rotierten. Lange hatte er daran gezweifelt, dass es sich lohnte, eines vagen Hinweises wegen in die tiefste südburgenländische Provinz zu kommen. Aber nun hatte er sich scheinbar doch zu lange damit Zeit gelassen – Zeit, die andere besser zu nut-

zen verstanden. Oder reimte er sich da jetzt nur etwas zusammen? Schließlich konnte es reiner Zufall sein, dass ein verstorbener Vizebürgermeister dieselben Initialen hatte wie der Unbekannte, der wahrscheinlich immer noch lebte und sich demnächst bei ihm melden würde. Und selbst wenn dieser Pomper P.F. war, hatte dies noch lange nicht automatisch zu bedeuten, dass er Opfer eines Gewaltverbrechens geworden war. Wenn Müller es sich genauer überlegte, konnte er über seine vorherige Theorie jetzt nur den Kopf schütteln. Viel vernünftiger schien es ihm, bei den Tatsachen zu bleiben. Und die sprachen nicht gerade für einen Riesenskandal, der mit Erpressung oder gar Mord zu tun haben könnte. Ein Großteil der Dorfbevölkerung schien mit der Entwicklung am Csaterberg durchaus zufrieden zu sein, vielleicht sogar mehr als nur zufrieden, und wenn Einzelne oder gar nur ein Einzelner dagegen war, dann aus eher diffusen parteipolitischen Überlegungen. Und dieser eine konnte wahrscheinlich nicht mehr befragt werden – vorausgesetzt, dass es sich bei Pomper wirklich um P.F. handelte, woran Müller allerdings nicht ernsthaft zweifelte.
Was war also zu tun? Müller würde sich jetzt den Csaterberg ansehen, vielleicht noch den einen oder anderen, mit dem er zufällig ins Gespräch kam, auf die Kellerverkäufe ansprechen und sich dann spätestens morgen nach dem Frühstück nach Bad Tatzmannsdorf zurückziehen. Denn vermutlich würden auch diese anderen Stimmen mehrheitlich darauf hindeuten, dass es hier nichts zu recherchieren gab und daher auch nichts, was für das Buch, das er demnächst mit seinem Partner herausgeben wollte, von irgendwelcher Relevanz war. Nur eines passte nicht ganz in dieses Bild von einem Einzelkämpfer, der sich aus politischen Gründen in eine abstruse Idee verrannt hatte: nämlich die Reaktion des Wirtes, als ihn Müller beim Frühstück auf den Csaterberg angesprochen hatte. Und als Besitzer eines Lokals mit Fremdenzimmern hätte sich ja gerade Steiner durchaus über die neuen Investoren und den damit zu erwartenden Fremdenverkehrsaufschwung freuen können. Aber wahrscheinlich

war auch Steiner nur ein verschrobener Spinner, auf dessen Reaktionen sich keinerlei ernsthafte Theorie aufbauen ließ – Müller hatte sich davon ja zu Mittag zur Genüge überzeugen können!
Müller brach erneut auf, diesmal in Richtung Weinberg. Gut einen halben Kilometer ging es eine beachtliche Steigung hinauf, sodass ihm der Ort wenig später sozusagen zu Füßen lag. Er hielt einen Moment inne, und zwar an der Stelle, an der sich der heute sicher schon einmal geräumte, aber inzwischen wieder völlig zugeschneite Güterweg in den Wald hineinschlängelte, und schaute hinunter auf Kohfidisch. Dabei bot sich ihm ein herrlicher, wenn auch etwas getrübter Blick auf ein tiefwinterliches Dorf, wie Müller es im Südburgenland gar nicht erwartet hatte!
Er musste eine ganze Weile durch tiefen Schnee stapfen, ehe der Bergweg nach gut einem weiteren Kilometer wieder aus dem Wald hinaus- und direkt an den ersten Weinkellern vorbeiführte. Bevor er zu einer ersten Weggabelung kam, blieb Müller wieder stehen, aber nicht nur, weil das Marschieren angesichts der vorherrschenden Wetterbedingungen ganz schön anstrengend war. Die vor ihm liegenden Kellerstöckl, die wie mit Zuckerwatte eingehüllt schienen, und die sie umgebende sanfthügelige Winterlandschaft machten einen beinahe unwirklichen Eindruck. Zwar konnte Rieger angesichts des dichten Schneefalls nicht allzu weit sehen, aber er war dennoch begeistert und erinnerte sich sofort an das, was ihm gestern gleich nach seiner Ankunft aus der Festschrift quasi in die Hände gefallen war. Denn glücklicherweise hatten sich gerade die beiden Seiten, auf denen der Csaterberg beschrieben wurde, beim Durchblättern wie von selbst aus dem schlecht gebundenen Büchlein gelöst und befanden sich nun, einmal gefaltet, in seiner Jackentasche. Trotz der Kälte streifte er einen Handschuh ab und kramte die beiden Zettel heraus.

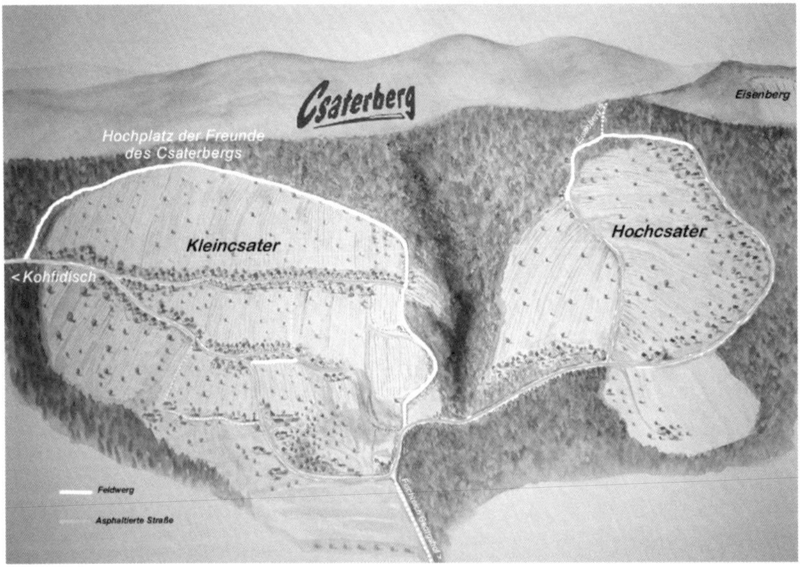

„Zu den reizvollsten Landschaften des Burgenlandes zählt unbestritten das Weinbaugebiet von Kohfidisch – der Csaterberg.
Er liegt inmitten der `Südburgenländischen Schwelle´, eines Höhenzuges, der von Nord nach Süd verläuft. Aber nicht nur nach Norden, auch nach allen anderen Himmelsrichtungen hin ist er von rauschenden Hochwäldern umgeben – eingebettet wie eine liebliche Insel in einem fast unüberschaubaren Wäldermeer.
Ein gut ausgebauter, asphaltierter Güterweg führt von Kohfidisch durch einen schönen Weißkieferbestand zum zwei Kilometer entfernten Csaterberg. Gleich, wenn man aus dem Wald kommt, sieht man sie liegen, die Weingärten vom Kleincsaterberg mit ihren verträumten und gepflegten Kellerhäusern.
Nimmt man den `oberen´ Weg, so erreicht man bald eine kleine Kuppe, von der ein herrlicher Ausblick über die weiten Wälder – in das Tal der Rodling mit dem großen St. Georgs-Fischteich und dahinter in das Gebiet des Pinkabodens – genossen werden kann.

Keller reiht sich an Keller, dazwischen hangauf und hangab die Weingärten und viele Kirsch-, Äpfel-, Birn- und Nussbäume. In den Weingärten verstreut stehen Pfirsichbäume, die im Herbst die köstlichen Weingartenpfirsiche liefern.
Am Ende dieser Gasse stehen links `knusprige´ Kellerhäuser, während sich rechts der `herrschaftliche´ Weingarten, eine mehrere Hektar große Hochkultur, ausbreitet. Gleichzeitig ist man am Rande eines tiefen Taleinschnittes, dem Reh-, auch Rech- oder Rechtgraben genannt, angelangt. Sein Südosthang ist gleichfalls mit Reben bepflanzt.
Hier muss man umkehren. An der Weggabelung heißt es nun nach links, talwärts, abzubiegen. An sauberen Kellerhäusern vorbei kommt man zu einer Kapelle und kurz danach zu einer mehr als hundert Jahre alten hölzernen Weinpresse. Ein Strohdach schützt sie vor Regen und Schnee. Gleich danach beginnen die `Berghäuser´, ein kleiner Weiler.
Auf der kurvenreichen Straße kommt man beim untersten Keller des Kleincsaterberges vorbei. Bald danach zweigt eine Privatstraße ab, die zum Georgshof, einem ehemaligen Meierhof führt. Hier war einst eine bedeutende Siedlung, die aber in den Türkenkriegen und durch die Pest vernichtet wurde.
Nach einer Brücke, die das kleine Bächlein im Rehgraben überquert, steigt die Straße wieder an und es beginnt der Hochcsaterberg. Zur rechten Hand erstreckt sich ein schöner Wald, links liegen hangaufwärts die Keller und Weingärten, die den Berg halbkreisförmig umschließen.
Auf dem höchsten Punkt der Weinriede steht eine alte Kapelle. Zu ihr führt nur ein Fußweg. Am Beginn dieses Weges steht ein Bildstock; hier soll einst ein Kreuzweg begonnen haben. Die Bildstöcke existieren aber schon längst nicht mehr.
Von der Kapelle hat man einen großartigen Ausblick. Links sieht man den oberen Teil des Eisenberges, rechts im Hintergrund liegt Ungarn.

Die Weingärten des Csaterberges bedecken eine Fläche von rund 40 ha. Um eine Verhüttelung und somit Verschandelung dieses entzückenden Gebirges hintanzuhalten, wurde der Csaterberg von der Burgenländischen Landesregierung zum Landschaftsschutzgebiet erklärt. Es dürfen in Zukunft Bauten nur nach Erfüllung strenger Auflagen durchgeführt werden.
Es kann mit großer Wahrscheinlichkeit angenommen werden, dass hier Weinbau schon über 2000 Jahre betrieben wird – lange bevor die Römer noch unser Land eroberten. War früher die Stockkultur allgemein üblich, so findet man heute fast zur Gänze nur noch Hoch- und Drahtkulturen. Vor rund 80 Jahren wurden die Weinstöcke von der Reblaus total vernichtet. Erst als man neue Methoden gefunden hatte, wurde mit der Auspflanzung von Edelsorten begonnen; die Selbstträger, wie Othello und Noah, verschwanden restlos schon vor längerer Zeit. Die Weißweine (Riesling, Neuburger, Müller-Thurgau, Veltliner) sind sehr fruchtig und spritzig, der Rotwein (Blaufränkisch und Zweigelt) ist blumig und mild, er gedeiht infolge der Waldnähe besonders gut. Alle Sorten sind weit über unsere Landesgrenzen hinweg bekannt und geschätzt.
Es ist schon eine Freude zu sehen, welche Liebe und Sorgfalt die Weinbauern bei der Arbeit, die oft auch schwer ist, aufwenden und mit welchem Genuss und innerer Zufriedenheit sie ihr Gläschen trinken. Mag der Wein auch manches Jahr – wenn es zu trocken, zu nass oder zu kalt war – herb und resch sein, was – Gott sei Dank! – selten vorkommt, es ist halt \`ihr´ Wein und sie sind stolz darauf und freuen sich, wenn sie einem gern gesehenen Gast \`a guits Glasl´ davon einschenken können. Dann bricht auch des Öfteren leicht die alte ui-Mundart durch."
Nachdem Rieger die Zettel wieder in seiner Jackentasche verstaut hatte, stand er noch für einige Minuten einfach da und holte immer wieder tief Luft, so, als ob er möglichst viel von dieser tollen Gegend in sich einsaugen wolle. Doch so himmlisch konnte das Erlebte gar nicht sein, dass ihn nicht sehr Irdisches wieder zurück

ins Diesseits holte – Nässe und Kälte krochen nämlich deutlich spürbar in ihm hoch und machten den berauschenden Gefühlen, die durch den herrlichen Weinberg ausgelöst wurden, gehörige Konkurrenz. Der dieserart wieder geerdete Müller entdeckte günstiger Weise direkt an der Weggabelung, an der er sich gerade befand, so etwas wie einen kleinen Heurigen. Obwohl er bisher niemandem begegnet war, hier stand die äußere Tür offen, und es brannte ein Licht, außerdem sprach ein „Tritt ein, bring Glück herein!" eine eindeutige Einladung aus. Müller ließ sich nicht lange bitten und klopfte vorsichtig an, weniger, weil er Durst hatte, sondern eher, weil er sich aufwärmen wollte, und natürlich auch in der Hoffnung, im Heurigenwirt vielleicht einen Csaterbergkenner zu treffen.
„Kommen´S nur! Dass sich heute jemand hier heraus verirrt, wenn drinnen im Dorf die Narren unterwegs sind, das hätte ich nicht geglaubt! Und noch dazu bei dem Wetter!"
Ein hinkender alter Mann mit freundlichem Gesicht bat Müller in den kleinen Innenraum und an einen Tisch. Ohne dass Müller etwas bestellt hätte, brachte der Wirt zwei Stamperl und ein ganzes Körberl voller Flaschen, in denen sich nach ihrem Aussehen wohl Hochprozentiges befand.
„Birne, Marille, Nuss, Zwetschke, Obstler oder Trebener?" Für ihn schien klar, dass Müller für ein Stamperl Schnaps bereit war. Die Frage lautete hier ganz offensichtlich nie, *ob* der Gast einen trinken möchte, sondern nur, *welchen* er bevorzuge – oder wie sich später herausstellte: mit welchem er beginnen wolle, denn verkostet sollten schließlich alle werden.
Müller entschied sich zunächst für einen Birnenschnaps, hatte aber wenig später – zum „Nachspülen", wie der Wirt meinte – auch ein Bier und – weniger überraschend – eine weiße Mischung am Tisch stehen. Und auch das Schnapsglas war mindestens ebenso schnell wieder gefüllt wie von Müller ausgetrunken. Zwar versuchte Müller die Wiederbefüllung freundlich abzuwehren, aber einerseits mundete die „Birne" wirklich hervorragend und außerdem war er ja,

wie der Wirt richtig bemerkt hatte, zu Fuß unterwegs, sodass mindestens auch noch der Obstler und die Zwetschke gekostet werden müssten. Schließlich handle es sich auch bei diesen beiden um Selbstgebranntes.
Müller spürte rasch, wie ihm von innen her wieder warm wurde. Und das war ein durchaus angenehmes Gefühl, denn draußen gab es zwar herrliches Winterwetter, aber der dichte Schneefall hatte dafür gesorgt, dass Müller trotz guter Kleidung schon wieder ziemlich durchnässt war. Ein bisschen Innehalten tat also durchaus gut.
„Sie sind zum ersten Mal hier?" Der Alte sah so aus, als kenne er jeden, der einigermaßen regelmäßig auf den Csaterberg kam.
„Irgendwie ja und irgendwie nein." Müller wusste, dass das ziemlich kryptisch klang, und deshalb fügte er rasch hinzu: „Als Junge war ich zumindest einmal bei einem Kirtag hier am Berg."
„Ah, am Pfingstmontag, da ist bei uns immer einiges los! Waren Sie bei jemandem zu Besuch?"
„Kannten Sie Erwin Lang? Er muss jetzt mindestens zwanzig Jahre tot sein."
„Den Volksschullehrer? Natürlich habe ich den gekannt, war ja nur um einige Jahre älter als ich. In welcher Beziehung standen Sie zu ihm?"
„Ich bin das Enkelkind seiner Schwester Resi."
„Die Resi, meine Güte, die habe ich ja seit vielen Jahren nicht mehr gesehen. Die hat doch irgendwo ins Niederösterreichische geheiratet. Wie geht es ihr?"
„Leider nicht so gut. Sie sitzt seit Jahren im Rollstuhl, die Beine versagten immer mehr. Mein Onkel und meine Tante haben sie lange bei sich im Haus betreut. Aber jetzt sind sie selber nicht mehr die Jüngsten und mussten sie in ein Heim geben. Wenn ich nicht gerade unterwegs bin, besuche ich sie zumindest einmal in der Woche!"
„Lassen Sie sie schön von mir grüßen, wenn Sie wieder einmal ins Heim kommen. Sagen Sie nur, der alte Pischta Schneider, dann weiß sie schon, wer ich bin."

„Gut möglich! Denn an das von früher erinnert sie sich perfekt. Die letzten Jahre hingegen scheinen mehr und mehr spurlos an ihr vorüberzugehen."
„Ach, hören Sie auf, mir geht´s ja grad so!" Ein tiefer Seufzer entkam dem Alten, der Müller inzwischen vormachte, in welcher Frequenz hier am Berg Schnaps üblicherweise getrunken wurde.
„Ich kann mich an mehrere Besuche von der Resi erinnern. Da waren immer auch Kinder und Enkelkinder dabei. Also vielleicht habe ich Sie doch schon einmal gesehen."
„Kann durchaus sein. Wie gesagt, ich erinnere mich nicht an viel, nur an den Kirtag."
„Lebt eigentlich Ihr Großvater auch noch? Den habe ich auch kennen gelernt, war ein feiner Bursche! Ein großer Bauer, bei dem die Resi ursprünglich im Dienst war, wenn ich mich nicht irre."
„Sie haben ein gutes Gedächtnis und liegen ganz richtig. Aber mein Großvater ist schon lange tot. Den Hof hat mein Onkel weitergeführt, mit dem mein Vater irgendwann wegen einer Bagatelle in Streit geraten ist. Ich war jedenfalls schon viele Jahre nicht auf dem Hof."
„Schade um den Franzl, war ein gemütlicher Bursch, mit dem man gut plaudern konnte. Rieger hieß er mit Familiennamen, oder?"
„Ja, so heißen wir, in der Tat, mein Name ist übrigens Willi." Rieger hatte sowieso keine Lust, diesem Mann gegenüber mit falschem Namen aufzutreten. Dafür war er ihm nicht nur viel zu erinnerungsstark, sondern auf Anhieb auch viel zu sympathisch.
„Und ich heiße, wie schon gesagt, Stefan Schneider, aber alle sagen nur Pischta zu mir."
Rieger drückte ihm die Hand, quasi zur Verbrüderung.
„Herr Schneider ..."
„...Pischta, habe ich gesagt!"
„Also, Pischta, ich freue mich, dass ich bei Ihnen hier gelandet bin. Ich will ganz offen sein: Mich interessiert der Csaterberg sozusagen auch beruflich. Ich schreibe Bücher und gelegentlich auch für

diverse Zeitungen und Zeitschriften Gastkommentare. Und dabei bin ich im Vorjahr auch auf die Kellerverkäufe am Csaterberg gestoßen."

Rieger hielt ein wenig inne, weil er sich die Reaktion des Alten genau ansehen wollte. Die fiel ziemlich eindeutig aus.

„Ach Gott, ich kann´s ja noch gar nicht glauben, dass ich in ein paar Monaten hier raus muss!" Der Wirt wirkte plötzlich um einige Jahre gealtert.

„Haben Sie denn auch verkauft?"

„Was hätte ich denn tun sollen? Ich hatte ja gar keine Wahl! Glauben Sie, dass man in meinem Alter noch die Kraft hat, das alles zu modernisieren? Vom dazu nötigen Geld will ich gar nicht reden."

„Können Sie mir das ein wenig näher erklären? Was hätten Sie erneuern sollen?"

„Also die Sache war so: Vor knapp einem Jahr sind zwei Männer aus Eisenstadt aufgetaucht und haben allen Kellerbesitzern hier am Kleincsater erklärt, welche Umwelt- und Landschaftsschutzauflagen es seit neuestem gibt und was daher alles verändert werden muss. Gleichzeitig haben sie Pläne von ausländischen Investoren vorgelegt. Die sind angeblich bereit, uns gegen großzügige Bezahlung die Keller abzukaufen und komplett herzurichten. So soll aus dem Csaterberg tatsächlich eine echte Weinidylle entstehen."

Schneider schwieg. Irgendwie schien es ihm schwerzufallen, davon zu erzählen. Aber Rieger hatte noch zu wenig gehört. So einfach sollte die Sache über die Bühne gegangen sein?

„Und dann haben alle tatsächlich verkauft?"

„Ja, für die meisten war das Angebot einfach zu verlockend. Sie müssen wissen, viele von uns gehören zu meiner Generation. Die Jungen in unseren Familien interessiert die Arbeit im Weingarten nicht. Und bei vielen ist es ungewiss, wie es mit dem Berg weitergegangen wäre. In ein paar Jahren hätte man sich sowieso einen Käufer suchen müssen. Und wer weiß, ob der dann so gut bezahlt hätte!"

„Sie sagten: die meisten …"
„Ja natürlich gibt es einige, die haben seit dem Weinskandal vor zwanzig Jahren trotz der Kleinheit ihrer Weingärten ganz schön investiert. Wollten Qualitätsweinbau betreiben und dachten nicht daran, ihr kleines Weingut zu verkaufen."
„Und haben dann doch?"
„Ja, zu guter Letzt blieb keiner übrig, der sich standhaft gewehrt hätte. Man hat denen scheinbar einiges versprochen. Unter anderem, dass sie ihre Weingärten auch weiter bewirtschaften und die Keller in den Kellerstöckln benützen dürfen. So ganz genau weiß ich das nicht, aber geredet wurde darüber. Was wirklich in deren Verträgen steht, keine Ahnung!"
„Mir ist zu Ohren gekommen, dass Vizebürgermeister Pomper gegen die Verkäufe vehement eingetreten sei?"
„Das kann man wohl sagen! Er und seine Kollegen von der Bürgerliste wollten die Sache unbedingt verhindern. Fritz Pomper, aber auch Günther Steiner, Rudi Taschler und die anderen haben immer wieder betont, wir sollten doch auch das Kleingedruckte in den Verträgen lesen. Keine Ahnung, was sie damit meinten. Mich hat das nicht sonderlich interessiert. Ich bedaure zwar, dass ich schon im Sommer keinen Weinkeller mehr haben werde – andrerseits bin ich eine Sorge los. Und wer weiß, ob ich im Sommer noch lebe!"
„Na na na, so rüstig wie Sie sind …" Rieger wusste, dass das mehr eine Floskel als ernst gemeint war. Und außerdem musste er sich insgeheim eingestehen, dass ihn jetzt anderes viel mehr interessierte als das persönliche Schicksal dieses alten Mannes. „Sie sagten, auch Steiner sei dagegen gewesen?"
„Sie kennen ihn?"
„Ja, ich wohne seit gestern im Gasthof zum Weinberg. Warum war *er* dagegen?"
„Der Günther lag ganz auf der Linie vom Pomper Fritz und war auch als Vertreter der Bürgerliste im Gemeinderat …"

13

Offensichtlich war es sogar den durch ihren steten Alkoholkonsum gut frostgeschützten Faschingsnarren an diesem Tag unmöglich, sich ständig im Freien aufzuhalten. Auf jeden Fall konnten Maria, die Eva zu Mittag abgelöst hatte, und ich uns den ganzen Nachmittag nicht über mangelnde Beschäftigung beklagen. Müller war nur einmal kurz aufgetaucht und dann nicht mehr. Das Kuvert mit dem Zeitungsartikel und dem mit Maschine geschriebenen Zettel befand sich wieder im Koffer des Fremden, und das wirkte sich durchaus positiv auf meine Konzentration aus. Denn nachmittags gab es keine weiteren Beschwerden darüber, dass ich meinen Wirtspflichten nicht ordentlich nachkäme.

Es begann schon finster zu werden, als auch Rudi Taschler mit einigen anderen wieder bei mir reinschaute. Rudi trank normalerweise mit Maßen und war daher immer einer der Ersten, der sich zurückzog, wenn es zu intensiv wurde. Aber heute schien auch er mehr als gut aufgelegt zu sein. In jedem Fall bestellten er und Mike sowie Paul Oswald und Pepi Schranz an der Schank jeweils ein großes Bier, während sie in intensive Gespräche vertieft waren. Zuerst bekam ich nicht genau mit, worum es ging, weil ich beinahe an jedem Tisch weitere Gäste sitzen hatte, aber es konnte sich bei dem Quartett sowieso nur um zwei Themen handeln, nämlich um Fußball oder Politik. Erst als ich auf Geheiß von Paul eine Runde Schnaps einschenkte – und zwar fünf Stamperl, denn „du trinkst einen mit!" –, klärte sich auf, worum es ging.

„Was hältst du eigentlich von dem neuen Trainer? Stimmt es, dass er den Tibor zum Libero umfunktionieren will?" Für Paul gab es sowieso keinen Trainer, an dem er nichts auszusetzen hatte. Er wusste als selbsternannter Orts-Bundestrainer immer stets am besten, was im Verein hätte getan werden sollen. Bloß selber Hand anzulegen, dazu konnte er sich nie entschließen.

„Jetzt hat die Frühjahrssaison noch gar nicht begonnen, und du nörgelst schon wieder herum! Warte doch einmal ab, vielleicht ist der

Ungar im Abwehrzentrum ja die optimale Lösung. Im Mittelfeld war er ja ohnehin nur mehr ein großer Bremser. So schnell wie der bewege ich mich auch noch!" Mike war im Vorjahr fünfzig geworden und nicht unbedingt das, was man einen durchtrainierten Menschen nennen würde.

„Ich finde, der Neue macht seine Sache bisher sehr gut." Rudi, der in der sportlichen Führung des Vereins mitarbeitete, wenn auch nicht an vorderster Front, sah die Sache wie so oft ebenfalls etwas anders als Paul. „Und das mit Tibor als Libero war ja am letzten Wochenende nur ein erster Versuch. Schließlich kann es ja sein, dass Joppi einmal ausfällt. Ist ja auch nicht mehr der Jüngste, unser Fels in der Brandung."

Ich wollte mich nicht in die Diskussion einmischen, weil ich nur kurz Zeit hatte, mit den vieren anzustoßen. Maria rief mir nämlich aus der Küche zu, dass die drei zuletzt bestellten Gulaschsuppen jetzt fertig wären.

Bis tief in die Nacht hinein war mein Lokal voll. Der Schneefall hatte inzwischen aufgehört, dafür sorgte ein eisiger Wind für klirrende Kälte. Müller war immer noch nicht aufgetaucht, obwohl sein Auto vor dem Haus stand, wovon ich mich schon zweimal vergewissert hatte. Erst so gegen drei Uhr morgens konnte ich Maria heimschicken und selber drangehen, ein bisschen Ordnung in der Gaststube zu machen. Die vier rund um Rudi Taschler standen zwar schon seit Stunden am selben Fleck, doch alle anderen Gäste hatten inzwischen das Lokal verlassen.

Mike schlief wie immer im Stehen, hatte dabei aber nach wie vor ein halbvolles Krügerl in der Hand. Pepi und Paul hingegen wirkten wie zwei schwer angeschlagene Boxer in der 15. Runde eines intensiven Kampfes, näherten sich einander, die Körper berührten einander kurz, um sich gleich darauf wieder voneinander zu entfernen – und das alles während einer seltsamen einarmigen Umklammerung. Nur Rudi stand mit offenen Augen da und starrte

auf etwas, von dem scheinbar nicht einmal er selber wusste, was genau es war.
„Ich glaube, es ist jetzt auch für euch Zeit!" Der Tag dauerte für mich inzwischen schon fast vierundzwanzig Stunden, und ich freute mich auf mein Bett. Außerdem hatte auch ich mittlerweile durchaus genug Alkohol intus, es reichte in jeder Hinsicht. Ich nahm Mike sein Glas aus der Hand, was bei ihm wie die Betätigung eines Hebels wirkte; jedenfalls machte er sich wortlos aus dem Staub. Wie immer war ich mir gar nicht so sicher, ob er dabei wirklich die Augen aufmachte. Wie ferngesteuert – diese Beschreibung passte auf ihn in diesem Zustand wirklich perfekt. Auch Pepi und Paul gaben ihre liebevolle Umarmung auf, protestierten zwar ein wenig, und das fast im Gleichklang, als ich ihre Gläser ebenfalls einzog, schwankten dann aber in Richtung Ausgang.
„Trainer ... Trottel ..." Viel brachte Paul nicht mehr heraus, aber diese Worte waren noch zu vernehmen. Sie würden dereinst wohl auch seine letzten Worte sein. Auch wenn er ein riesen Kindskopf war und ziemlich stur noch dazu, hoffte ich doch, dass es noch lange dauern würde, bis es so weit sein würde. Pepi sagte nichts, aber er wäre mit mir sicher einer Meinung gewesen. Pepi war immer einer Meinung mit dem, der gerade etwas sagte.
Rudi starrte immer noch vor sich hin, als ich von der Eingangstür zurückkehrte.
„Willst du bei mir auf der Couch schlafen?" Ich wollte nicht, dass er in diesem Zustand heimfuhr. Mike hatte nur in die Nachbarschaft taumeln müssen und Pepi und Paul zwei bzw. drei Häuser weiter, aber Rudi wohnte in einem kleinen Nachbardorf, das auch zur Gemeinde gehörte. Ich konnte ihn unmöglich heimfahren lassen, und umgekehrt wollte ich meinen Führerschein auch nicht unbedingt riskieren, noch dazu bei diesen Straßenverhältnissen.
„Hast wohl Angst vor deinem Mörder, was?" Ich hätte es gar nicht für möglich gehalten, dass Rudi noch einen klaren Gedanken fassen konnte. Aber scheinbar war er gar nicht so betrunken, wie ich

geglaubt hatte, denn mit einem Mal gab er seinen starren Blick auf, wirkte hellwach und zog mich auf den nächstgelegenen Sessel nieder, während er sich auf einen weiteren Stuhl am selben Tisch setzte.

„Ich habe die ganze Zeit darüber nachgedacht, was du mir heute Nachmittag erzählt hast. Es erscheint mir durchaus möglich, dass Fritz Kontakt zur Presse gesucht hat und dass dieser Müller deshalb da ist."

„Glaubst du immer noch, dass mein Gast in Wahrheit der Journalist Rieger aus Neulengbach sein könnte?"

Rudi überlegte kurz. „Ich weiß es nicht! Möglich wäre es aber immerhin, oder nicht? Schließlich steht ein Auto vor der Tür, das diesen Schluss nahelegt!"

„Übrigens ist dieser Müller oder Rieger oder wie immer er heißt noch immer nicht heimgekommen. Findest du das nicht auch seltsam?"

„Wer weiß, vielleicht kennt er jemanden hier in Kohfidisch. Oder er ist von einem uns Unbekannten mit dem Auto abgeholt worden. Da gibt es viele Möglichkeiten."

„Du hast natürlich Recht. Aber irgendwie sind mir da in den letzten Stunden doch ein paar sonderbare Zufälle zu viel passiert. Da kommt dieser Fremde zu mir und hat vor, eine Woche zu bleiben, was ja bei der Ausstattung meiner Zimmer doch eher selten der Fall ist. Er stellt Fragen nach dem Csaterberg und hat ein eigenartiges Kuvert in seinem Koffer. Und dann verschwindet er auch gleich wieder am ersten Abend ..."

„Na, von Verschwinden kann man ja jetzt wohl kaum noch sprechen. Immerhin ist heute Faschingssamstag, und es gibt genügend Erklärungen, warum jemand um halb vier Uhr nachts noch nicht im Bett liegt."

Rudi hatte Recht, und ich brauchte ihm wohl nicht mit meinem Gefühl oder Instinkt zu kommen, er hielt mich bei aller Freundschaft ohnehin auch so bereits für einen riesengroßen Spinner.

„Habe ich dir eigentlich schon gesagt, dass er fast ohne Gepäck reist? Er will eine Woche bei mir bleiben, hat aber nur einen winzigen Koffer im Zimmer. Und darin befindet sich kaum etwas, vor allem keine Wäsche zum Wechseln!"
„Die wird er halt noch im Auto haben! An dir ist wirklich kein Detektiv verloren gegangen!"
Ich wollte mir nicht noch weitere Spötteleien meines Freundes anhören müssen und stand deshalb auf.
„Komm, lass uns schlafen gehen! Bleibst du?"
Rudi hielt mich zurück. „Eines noch, Günther: Du weißt doch noch, wie Fritz uns die Papiere der Landesregierung gezeigt hat. Du weißt schon, als es um die neuen Landschaftsschutzauflagen ging, über die wir im Gemeinderat so hitzig diskutiert haben. Fritz wäre dem Bürgermeister doch fast an die Gurgel gegangen."
„Ja, ich kann mich erinnern. Aber was ist damit?" Bei mir machte wirklich nichts klick in meiner Erinnerung.
„Fritz hat offensichtlich nachgeforscht und etwas herausgefunden ..."
„Na, jetzt spann mich nicht so auf die Folter!"
„Ich weiß zwar nicht, woher er die Information hatte. Er tat sehr geheimnisvoll. Und ich kann auch nicht abschätzen, ob es nicht doch nur reine Spekulation war. Auf jeden Fall sagte er zu mir, die so offiziell wirkenden Schreiben der Landesregierung seien womöglich gar nicht von der Landesregierung gewesen!"
„Was? Wie meinst du das?"
„Viel mehr kann ich dir auch nicht sagen. Aber irgendetwas hat Fritz gewusst. Zumindest hat er so getan, als wisse er etwas. Er könnte also wirklich diesem Rieger geschrieben haben."

14

Es war bereits ziemlich finster geworden, als sich Willi Rieger schweren Herzens und mit – nach etlichen Getränken, noch dazu einem fürchterlichen Durcheinander aus Bier, Schnaps und weißen Mischungen, wenig verwunderlich – schweren ersten Schritten vom redseligen Heurigenwirt verabschiedete und den Rückweg hinab ins Dorf antrat. Der Schneefall hatte nun fast aufgehört, andrerseits war noch kein Räumfahrzeug hier heraus in die Weinberge gekommen, sodass das Vorankommen auf der schmalen Bergstraße zu Fuß keine sehr angenehme Sache wurde. Trotz aller scheinbar widrigen äußeren Umstände befand sich Rieger aber in absoluter Hochstimmung. Oder vielleicht gerade deshalb? Wie sehr der süffige Csaterberger dazu beigetragen hatte, wusste er nicht, aber in jedem Fall bereute er spätestens seit diesem Moment sein Herkommen nicht mehr.

Und auch über den Csaterberg hatte er bei Pischta einiges gelernt. Was die Verkaufssache selber betraf, war er zwar nicht wirklich schlauer geworden, aber auch neue Fragen, die sich ihm stellten, bedeuteten einen riesigen Schritt vorwärts. Und selbst wenn sich die Sache rund um den ausländischen Investor als nicht allzu interessant herausstellen sollte, hatte er einiges in Erfahrung gebracht, was vielleicht sogar eine eigene Story wert war. Die Geschichte des Csaterbergs schien ja wirklich einiges herzugeben.

Vorerst wollte er sich aber einmal darüber klar werden, ob der verstorbene Fritz Pomper tatsächlich etwas herausgefunden hatte oder ob es nur eine fixe Idee von ihm war, dass mit den Verkäufen etwas nicht in Ordnung gewesen sei. Als Rieger die Todesanzeige im Geschäft gesehen hatte, war er zunächst ganz kurz davon überzeugt gewesen, dass es sich um einen Riesenskandal handeln musste, vielleicht sogar um einen, der mit Mord zu tun haben könnte. Nach der Charakterstudie, die sich Rieger aus den Erzählungen von Pischta Schneider über den liebevollen Sonderling Fritz Pomper erstellt hatte, glaubte er jetzt aber wieder an eine eher harmlose Variante.

Der verstorbene Vizebürgermeister hatte vielleicht Ungereimtheiten entdeckt, das konnte schon sein, aber in seiner Art gleich den Skandal darin gewittert, immerhin betrieben politisch Andersgesinnte den Verkauf und versprachen sich etwas davon. Das alleine dürfte im Weltbild des Fritz Pomper ausgereicht haben, um an Komplott oder dergleichen zu denken und alles zu tun, um die Sache zu verhindern. Ein derartiger Don Quichotte musste naturgemäß einen überhöhten Ruhepuls und Blutdruck haben, war also der geborene Herzinfarkt- oder Schlaganfallpatient. Das schienen alle so zu sehen, die ihn gekannt hatten. Und nichts und niemand war bei seinem Tod auf die Idee gekommen, da könnte etwas nicht stimmen.

Dennoch wollte Rieger auf Nummer sicher gehen und herausfinden, was Pomper gewusst haben konnte bzw. was er für so wichtig hielt, dass er ihn darüber verständigen wollte. Immerhin hatte er von einer „Bombe" geschrieben – also zumindest subjektiv dürfte er an etwas Brisantes gedacht haben. Wenn der Wirt und ein gewisser Taschler Pompers politische Freunde waren, dann musste sich über die beiden ja einiges herausfinden lassen. Er würde sofort noch einen neuen Anlauf bei Steiner machen und ihm reinen Wein einschenken, dann könnte er sicher auch aus diesem seltsamen Kauz etwas Vernünftiges herausbringen.

Rieger war inzwischen so weit durch den Tiefschnee gestapft, dass er die ersten Lichter von Kohfidisch erkennen konnte. Pischta hatte ihm erzählt, dass er gleich am Ortsanfang an Pompers Haus vorbeikommen werde, das direkt am Bergweg stehe. Leider hatte der Ex-Vizebürgermeister alleine gelebt, sonst wäre jetzt sogar ein Besuch bei seiner Familie sinnvoll gewesen. Doch so gab es hier leider niemanden, den er befragen konnte.

Als Rieger direkt vor dem ersten Haus stand, das nach der Beschreibung des Heurigenwirtes das von Pomper war, staunte er, als er hinter einem der seitlichen Fenster einen schwachen Lichtschein bemerkte. Hatte er sich irgendetwas falsch eingeprägt?

Rieger fühlte sich so beschwingt, dass er ja ohne weiteres hier anklopfen und nachfragen konnte, wo Pomper gewohnt hatte – er würde sich eben als weitschichtigen Verwandten ausgeben, was bei näherer Betrachtung vielleicht gar nicht einmal falsch war.
Zum Anklopfen kam es dann aber nicht, denn die Eingangstür zu dem eher kleinen, schon etwas abgewohnt wirkenden Haus stand einen Spalt weit offen, was bei der herrschenden Kälte ja nicht unbedingt empfehlenswert war.
Rieger schob sie vorsichtig noch ein wenig weiter auf. „Ist da jemand?" Irgendwie erschien ihm das Ganze wie ein Dejà-vú, als sich niemand meldete – scheinbar standen hier in Kohfidisch überall die Türen offen, wo er vorbeikam, zu Hause war aber nur selten jemand.
Im Flur herrschte ziemliche Dunkelheit, aber aus einem der hinteren Räume schien tatsächlich Licht zu kommen. Aber warum meldete sich niemand, wenn jemand zu Hause war? Rieger rief noch einmal, eine Antwort blieb aber neuerlich aus. Also näherte er sich der Tür, unter der er einen Lichtschein erkennen konnte, und klopfte an.
Dann wartete er noch einmal einen Moment. Alles blieb still. Sein Pulsschlag beschleunigte sich doch deutlich, als er die Türklinke nach unten drückte, obwohl er sich einredete, dass er sich leicht herausreden würde, falls jetzt doch jemand da war.
Als Rieger die Tür öffnete, wusste er im ersten Moment, dass zwar vielleicht gerade jetzt niemand da war, dass aber vor nicht allzu langer Zeit jemand da gewesen sein musste. Im ganzen Zimmer waren Spuren einer Verwüstung zu erkennen, die nur ein Mensch oder auch mehrere Exemplare dieser Spezies hinterlassen haben konnten. Doch für allzu viele Gedanken blieb nicht mehr Zeit, denn als Rieger den Schatten hinter sich mehr erahnte als erkannte, spürte er auch schon den Schlag und dann nichts mehr.

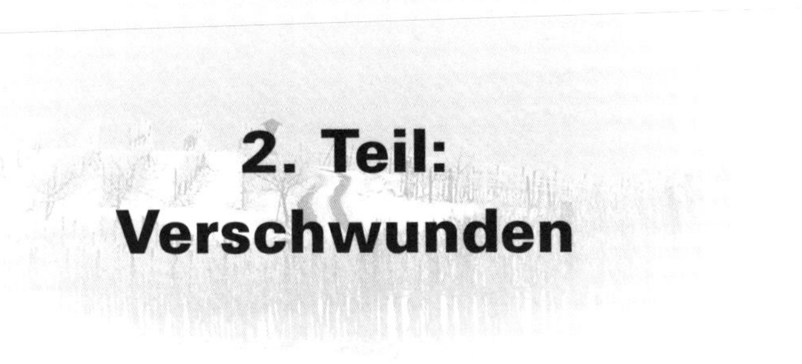

2. Teil: Verschwunden

1

Ich hatte kaum zwei Stunden geschlafen, als mein Wecker knapp vor sechs läutete. Zwar waren solche Situationen für mich nicht unbedingt etwas Neues, aber mit zunehmendem Alter verspürte ich das dabei meist auftretende Hämmern im Kopf immer intensiver.
Ich tastete nach dem Schalter für meine Nachttischlampe. Ihr schwacher Schein erhellte das Zimmer nur sehr spärlich, aber ausreichend, um ein wenig von der Unordnung sichtbar werden zu lassen, die hier herinnen herrschte. Seit meiner Scheidung hielt ich mich in meiner Wohnung kaum noch auf, nur zum Schlafen kam ich hier in den zweiten Stock herauf. Und dementsprechend sah es auch meist aus. Zwar bat ich Eva gelegentlich, auch meine Wohn- und Schlafräumlichkeiten sauber zu machen, in letzter Zeit aber immer seltener, weil sie mich jedes Mal, nachdem sie heroben gewesen war, mindestens einen halben Tag lang nur kopfschüttelnd ansah.
Nur mühsam schwang ich meine Beine vom Bett herunter und suchte nach den Schlapfen. Erst in diesem Augenblick vernahm ich das leise Schnaufen, das mich daran erinnerte, dass ich nicht allein im Zimmer war. Im Fastdunkel erkannte ich unter einer braunkarierten Decke die Umrisse meines schlafenden Freundes Rudi, den der Wecker ganz offensichtlich nicht gestört hatte.
Plötzlich gab es mir einen Riss. Wollte der Fremde heute auch schon um sechs Uhr frühstücken? Ich erinnerte mich nicht, ob er etwas dergleichen hatte verlauten lassen. Andrerseits glaubte ich zu wissen, dass er ja selbst beim Schlafengehen nach vier Uhr morgens noch nicht zurückgekommen war – also würde er wohl kaum jetzt schon wieder etwas essen wollen. Dennoch warf ich mir rasch meinen Morgenmantel über und ging hinunter, um sicherheitshalber nachzuschauen.
An Sonntagen kam Eva immer erst um sieben. Daher war auch unten in der Gaststube und in der Küche noch alles stockfinster. Weit und breit auch nichts zu sehen von dem Fremden. Gott sei

Dank, wäre doch zu peinlich gewesen, wenn ich seinen möglicherweise geäußerten Wunsch verschlafen hätte!
Auf dem Weg zurück in den zweiten Stock, wo sich meine Privaträumlichkeiten befanden, machte ich einen Abstecher in den Trakt mit den Fremdenzimmern, der sich im ersten Stock befand. Ich horchte kurz an der Tür des einzigen Zimmers, das zurzeit an einen Gast vermietet war, konnte aber nichts hören, nicht einmal ein Schnarchen oder dergleichen. Entweder schlief dieser Rieger – oder wie immer er in Wirklichkeit hieß – völlig ruhig oder er war noch immer nicht zurückgekehrt. Was war das nur für ein Typ? Zu genauerer Analyse sah ich mich im Moment allerdings noch nicht imstande.
Als ich in mein Schlafzimmer zurückkehrte, summte Rudi immer noch völlig gleichförmig in seinem scheinbar ungestörten Schlaf dahin. Sollte er sich ruhig noch ein wenig ausruhen, ich würde mich inzwischen fertig machen und danach unten in der Gaststube alles für das Aufsperren vorbereiten. Meist kamen die ersten Gäste sonntags ohnehin nicht vor dreiviertel neun, wenn die Frühaufsteher von der Morgenmesse zurück waren. Und auch die Faschingsnarren vom Verschönerungsverein würden wohl kaum früher auf den Beinen sein, zu gut wusste ich aus eigener Erfahrung, wie es einem nach einem ganzen Tag Faschingsumzug erging.
Während der Rasierapparat summte, kehrten Einzelheiten von gestern in meine Erinnerung zurück. Zwar fand ich es selber belustigend, dass ich für einige Momente lang schon befürchtet hatte, ein Killer hätte bei mir eingecheckt, aber andrerseits wusste ich nicht, was mich jetzt so sicher machte, dass dieser Fremde, der sich als Peter Müller vorgestellt hatte, wirklich der Journalist Willi Rieger war. Was hatte mir Rudi nur erzählt, bevor wir zu Bett gegangen waren? Es wollte mir nicht einfallen. Aber egal, es ging mich schließlich nicht wirklich etwas an, wer sich da bei mir ein Zimmer genommen hatte. Und zum Detektivspielen war ich ja nun wirklich schon zu alt. Obwohl – einen gewissen Reiz hätte es natür-

lich gehabt, wenn ein bisschen Spannung in unser verschlafenes Dorf gekommen wäre.
Meine Ex-Frau, die inzwischen wieder verheiratet war und mit der ich seit einiger Zeit, wenn wir einander zufällig trafen, sogar wieder einigermaßen vernünftig reden konnte, wenn auch nur belanglose Floskeln gewechselt wurden, hatte mich immer belächelt, wenn ich ihr von den Romanen erzählte, die ich gerade las und wo ich schon nach wenigen Seiten meine eigenen Theorien entwickelte. Später sprach ich mit ihr dann nicht mehr über die Bücher, genau genommen sprachen wir über gar nichts mehr, Worte wurden nur gewechselt, um einander mitzuteilen, was der jeweils andere als Nächstes zu tun habe – oder um einander Vorwürfe zu machen, was dann meistens in Schreiduelle ausartete. In den letzten Wochen vor dem endgültigen Aus schrie sie dann nicht mehr, sondern lächelte nur süffisant, während ich ihr lautstark Vorwürfe machte, sagte etwas von „Du bist mir einfach zu blöd, warst ja schon zu dumm, um dein Studium fertig zu machen!“, verließ die Wohnung und kam oft erst nach Tagen wieder, was gleich den nächsten Streit auslöste – bis sie dann nicht mehr kam, sondern mir durch ihren Anwalt ausrichten ließ, dass sie die Scheidung wolle.
Trotz der schlimmen Endphase hatte ich anfangs unter der Trennung ziemlich gelitten. „Doch nur, weil dir jetzt eine billige Arbeitskraft fehlt!“, meinte Paul Oswald. „Jetzt ist bei dir wohl tote Hose!“, ätzte Mike Reiter. „Du bist ein sentimentaler Trottel, besser ein Ende mit Schrecken als ein Schrecken ohne Ende!“, beruhigte mich Rudi. Wahrscheinlich hatten sie alle auf ihre Art irgendwie Recht, jedenfalls dauerte es eine ganze Weile, bis ich wieder einigermaßen auf die Reihe kam. Und vor allem Eva Wölfer war mir dabei eine ungeheuer große Hilfe gewesen, wenn auch nur bei dem von Paul angedeuteten Problem. Für die von Mike angedeutete Flaute stellte Eva keine Lösung dar, irgendwie wäre ich bei ihr gar nie auf eine diesbezügliche Idee gekommen. Ich war auch nicht, wie mir Mike unterstellte, aus entsprechend tiefer Not plötz-

lich hinter jedem Rockzipfel her, sondern betrachtete es als echten Glücksfall, dass mich Sandra Holzer, obwohl ich ihr Vater hätte sein können, gelegentlich heimlich treffen wollte. Ich genoss die seltenen Stunden mit dieser jungen Frau ganz außerordentlich, und sie seltsamerweise scheinbar auch. Natürlich wusste ich, dass da nie etwas Ernstes draus werden würde, aber ich glaube, das wollte ich auch gar nicht.

„Pass auf, dass du dir nicht das Gesicht wegrasierst!" Ich zuckte derart zusammen, dass ich nur von Glück reden konnte, einen Elektrorasierer und keine Rasierklinge in der Hand zu haben, sonst wäre es jetzt wohl um mich geschehen gewesen. Rudi grinste über das ganze Gesicht, als er mich so erschrocken dreinblicken sah.

„Seit wann stehst du denn schon da in der Tür?"

„Noch nicht allzu lange. Das Gesumme deines Rasierapparats hat mich zunächst ganz sanft in meinem Schlummer begleitet, wollte dann aber gar nicht aufhören. Und so musste ich einfach nachsehen, ob du vielleicht im Stehen wieder eingeschlafen bist!"

Ich blickte auf die Uhr. Fast halb sieben, ich musste mich tatsächlich etwa zwanzig Minuten lang rasiert haben. Normalerweise war ich in sechs, sieben Minuten fertig.

„Danke für das Nachtlager, ich fahre jetzt." Rudi, der in Unterhose und Unterleiberl geschlafen hatte, war schon angezogen.

„Bleib doch zum Frühstück, du hast ja noch immer viel zu viel Restalkohol, um Auto zu fahren, und die Straße nach Harmisch ist sicher noch nicht geräumt."

„Hast du eine Ahnung! Seit unser Ortsvorsteher Chef des Oberwarter Bauamtes ist, gibt es bei uns überhaupt keine Probleme mit verschneiten Straßen mehr. Aber meinetwegen, bei mir zu Hause schlafen sicher ohnehin noch alle!"

„Und was wird Gabi dazu sagen, dass du wieder einmal nicht nach Hause gekommen bist?" Rudis Frau war ein echter Engel, aber mit seinen zwar nicht allzu häufigen, mitunter aber gleich mehrtägigen Zechtouren hatte sie sich nie wirklich anfreunden können. Und vor einem Jahr circa war sie einmal demonstrativ für eine Woche zu ihren Eltern gezogen und hatte die achtzehnjährige Nicole, die noch zu Hause wohnte und sich gerade im Maturajahr befand, mitgenommen, um Rudi zu zeigen, dass sie es ernst meine. Bei ihrer Rückkehr hatte Rudi, der ja sonst auch eine Seele von einem Menschen und ein wirklich guter Ehemann und Vater war, ihr versprochen, er wolle sich bessern.

„Na ja, ich werde einen Tag lang böse Blicke ernten. Aber ich denke, so gelegentliche Eskapaden gesteht sie mir insgeheim schon zu. Erschwerend dürfte sich allerdings die Tatsache auswirken, dass ich wieder einmal bei dir versumpert bin. Auf dich ist sie nicht wirklich gut zu sprechen. Also nimm dich in Acht, wenn du das nächste Mal zu uns kommst!" Rudi lächelte.

Wenig später saßen wir unten in der Gaststube an unserem Stammtisch und frühstückten. Eva war wieder einmal schon vorzeitig aufgetaucht und bewirtete uns beide in ihrer üblichen resolutcharmanten Art.

„Was ist eigentlich mit unserem Gast?", fragte sie so beiläufig, als sie Gebäck nachbrachte.

„Gute Frage", meinte ich, allerdings mehr in Richtung Rudi. „Bis wir schlafen gingen, und da war es schon nach vier, habe ich nichts von seiner Rückkehr bemerkt. Also entweder ist er ganz spät heimgekommen und schläft jetzt fest in seinem Zimmer, oder ..." Ich hielt inne.

„Oder was?", fragte Eva, die noch immer am Tisch stand. Sie war ja eine echte Perle, aber mit einer Neugierde ausgestattet, die mich mitunter beinahe zur Verzweiflung brachte.

„Oder er ist nicht heimgekommen, oder besser gesagt hierher, und schläft nicht in seinem Zimmer." Rudi machte Eva auf seine Art bewusst, dass sie nicht so neugierig sein sollte.

„Herr Taschler hat heute wieder seinen witzigen Tag, was? Das hätte ich auch selber gewusst!" Eva und Rudi verband aus mir unerklärlichen Gründen schon, seit sie bei mir arbeitete, so etwas

wie ein heimlich vereinbartes Ritual des Sich-ständig-gegenseitig-hänseln-Müssens. „Mich hätte vielmehr interessiert, was *Sie* sagen wollten, Chef!"
„Ich weiß auch nicht genau, was ich eigentlich sagen wollte. Aber irgendwie werde ich seit gestern Abend das Gefühl nicht los, dass unser Gast nicht mehr zurückkommt."
„Was?" Eva starrte mich völlig verwundert an. „Warum sollte er nicht zurückkommen? So schlimm sind unsere Zimmer ja auch wieder nicht!"
„Die Zimmer nicht, aber vielleicht die Bedienung." Rudi legte noch einmal eins nach und biss dann genüsslich von seiner Käsesemmel ab.
Eva streckte ihm kurz die Zunge raus und verzog sich in Richtung Küche.
„Glaubst du wirklich, dass er nicht mehr zurückkommt? Hast du übrigens schon nachgesehen, ob das Auto noch vor der Tür steht?"
Tatsächlich hatte ich noch überhaupt keinen Blick nach draußen geworfen. Ich sperrte die Tür der Gaststube auf und schaute ins Freie. Dabei sah ich nicht nur das Auto mit dem PL-Kennzeichen, sondern erkannte auch, dass jede Menge Arbeit auf mich wartete, die raschestens zu tun war, ehe die ersten Gäste kamen: Offensichtlich hatte es in der Nacht noch weitergeschneit, denn da draußen war tiefster Winter.
„Na, was ist?", fragte Rudi, der noch immer am Frühstückstisch saß.
„Ist noch da!", sagte ich.
„Geh doch rauf und schau nach, ob auch der Gast in seinem Zimmer ist!"
„Ich kann ihn doch nicht einfach herausklopfen! Und das nach womöglich nur ein bis zwei Stunden Schlaf, wie soll ich das denn begründen?"
„Ganz einfach, du sagst ihm, dass du ihn für einen Auftragskiller hältst, der in der Nacht möglicherweise halb Kohfidisch ausradiert

hat. Und dass du der Sherlock Holmes dieses Ortes bist, der ihm längst auf die Schliche gekommen ist und ihn jetzt der örtlichen Polizei übergeben wird."
„Fahr heim zu deiner Familie, vielleicht haben die mehr Spaß an deinen Witzen als Eva und ich!" Eva, die gerade wieder an den Tisch getreten war, hielt die Hände drohend vor ihrem mächtigen Oberkörper verschränkt und nickte beifällig, während sie Rudi Taschler mit strenger Miene ansah.

2

Die Heimfahrt gestaltete sich für Rudi Taschler in der Tat keineswegs so schlimm, wie sein Freund Steiner geglaubt hatte. Das Schwierigste war es noch, den Opel Astra von den Schneemengen zu befreien und vom völlig ungeräumten Parkplatz vor dem Gasthaus zum Weinberg herunterzuschaukeln.
Als Taschler, der irgendwie auch kaum etwas von dem gestern genossenen Alkohol verspürte, die Landstraße durch den Herrschaftswald entlangfuhr und wenig später die Abzweigung in Richtung seines völlig abgelegenen Heimatortes nahm, war es knapp nach acht Uhr. Der Himmel zeigte sich unverändert düster und wolkenverhangen, aber im Moment schneite es gerade nicht. Allerdings fand Taschler die Winterlandschaft, durch die er sich mit seinem Auto bewegte, absolut herrlich, auch wenn ihm noch die Kälte vom Abputzen des Wagens in den Gliedern steckte. Die Fahrtstrecke war zu kurz, als dass es im Autoinneren noch warm werden würde.
Er ließ den Astra vor seiner Hofeinfahrt stehen und ging als Erstes in den Schuppen, in dem sich die Schneeschaufel befand. War der Schnee im Hof von den Autoreifen erst einmal niedergefahren, dann machte es doppelte und dreifache Mühe, ihn zu beseitigen. Deshalb schob er den Schnee zuerst zur Seite, ehe er mit dem

Wagen in die alte Scheune fuhr, die er selber zur Garage umgebaut hatte.
Er hatte Rauch aus dem Kamin aufsteigen sehen. Seine Frau war also bereits auf, woran er ohnehin, auch ohne sichtbares Zeichen, nicht gezweifelt hätte. Ganz sicher hatte sie sein Kommen längst bemerkt, aber während der halben Stunde, in der er mit den Schneemassen im Hof kämpfte, war sie nicht herausgekommen, um ihn zu begrüßen. Damit hatte er allerdings auch nicht gerechnet, denn auch für ihn war diese halbe Stunde, in der er quasi schon zu Hause war und doch noch nicht, so etwas wie die nötige Akklimatisierungsphase. Jetzt konnte er eintreten und seiner Frau einen guten Morgen wünschen.
Schon im Vorraum lief ihm aber als Erste Nicole über den Weg. Sie hatte im Vorjahr in Oberschützen maturiert und studierte jetzt in Wien. Sie wollte tatsächlich Lehrerin werden, noch dazu mit zwei Fächern, in denen sie später ständig Hefte korrigieren musste, Deutsch und Englisch. Taschler selber hatte ja keine ganz genaue Vorstellung von dem, worauf sich seine Tochter da einließ, aber sein Freund Günther Steiner, der vor mittlerweile gut zwanzig Jahren für einige Zeit als Sondervertragslehrer unterrichtet hatte, ehe er sein Studium abbrach und zu aller Überraschung den elterlichen Betrieb übernahm, war ihm mehrfach damit in den Ohren gelegen, seine Tochter zu einer anderen Entscheidung zu bewegen.
„Das sind die reinsten Blutsauger, diese frechen Halbwüchsigen, mit denen man es heutzutage in der Schule zu tun hat! Ich kann dir sagen, ich hätte das nie und nimmer ein Leben lang ausgehalten. Und dann noch die vielen Besserwisser in der Schulbehörde! Der sprichwörtliche Taschenfeitel ging mir gelegentlich in der Hose auf!" Taschler vermutete zwar, dass Steiner wie immer ein wenig übertrieb, wenn er in dieser Art auf sein Lehrerdasein zurückblickte, aber andrerseits, wenn er es genau überlegte, er selber wollte auf keinen Fall Lehrer sein. Ja, im Juli und August schon – darin bestanden ja angeblich die zwei wichtigsten Gründe, warum

jemand Lehrer wurde. Aber für ihn waren diese beiden Argumente eindeutig zu wenig. Auch seine Arbeit bei einer Oberwarter Baufirma, bei der er sich inzwischen zum angesehenen Partieführer hochgearbeitet hatte, war freilich nicht immer nur toll und hinterließ auch bei ihm als knapp 50-Jährigen schon ihre körperlichen Spuren. Aber vieles an seinem Beruf gefiel ihm einfach; er sah Dinge entstehen, zu deren Gelingen er handfeste Beiträge geleistet hatte, dabei war so viel zu lernen, dass er sich zu Hause praktisch alles selber machen konnte – und vor allem war während der Arbeit viel Zeit zum Nachdenken, die meisten Tätigkeiten gingen ja nach so vielen Jahren schon völlig automatisiert vor sich. Irgendwie schätzte Taschler das am meisten.

„Guten Morgen, Nicole!" Seine Tochter würdigte ihn keines Blicks und zog sich in ihr Zimmer zurück. Taschler betrat durch eine Tür den Wohn-Essraum, den sie erst vor Weihnachten neu eingerichtet hatten.

„Hallo, Gabi!" Seine Frau hantierte in der Küche herum, zu der die Tür geöffnet war. Auch sie reagierte nicht.

„Schön, dass heute alle so gesprächig sind!" Taschler setzte sich an den Tisch und nahm die Zeitung zur Hand. Er blätterte sie durch und bemerkte dabei lange nicht, dass es die von gestern war. Denn gedanklich konzentrierte er sich darauf, irgendetwas zu finden, worüber er mit seiner Frau ins Gespräch kommen konnte. Obwohl er sich das nicht wirklich eingestand, aber gerade diese Sprachverweigerung traf ihn doch ziemlich, seine Frau hatte da schon ein gutes Gespür für wirksame Waffen.

„Kommt Gerhard mit seiner Familie zum Essen?" Taschlers Sohn hatte sich bereits während seiner Schulzeit in ein Mädchen aus der Nachbargemeinde verliebt und, als dieses schwanger geworden war, seine Schulkarriere abgebrochen. Jetzt wohnten sie mit dem vierjährigen René bei den Schwiegereltern, und Gerhard arbeitete bei einer Computerfirma in Wien, wobei er täglich mit dem Bus hin- und herpendelte.

Taschlers Frau reagierte wieder nicht, kam aber wenige Augenblicke später aus der Küche, verschwand wortlos im Vorzimmer und ging wohl ins Schlafzimmer, wo Taschler ab und zu Kastentüren schlagen hörte. Dann tauchte sie wieder auf, warf ihm einen bösen Blick zu und stellte lapidar fest: „Wir fahren!"
Taschler blickte auf die Uhr und bemerkte, dass es schon nach neun war. Seine Frau und seine Tochter fuhren ganz offensichtlich, wie jeden Sonntag, zur Messe nach Kirchfidisch. Er selbst war ja kein so begeisterter Kirchenbesucher, auch wenn er sich wohl als gläubigen Menschen bezeichnet hätte. Und der jetzige Priester war zwar ein gefürchteter und herrischer Mensch, dem nie ein Lächeln entkam, aber ein toller und aufrüttelnder Prediger, dem er gelegentlich sogar gerne zuhörte. Aber jeden Sonntag, nein, dafür war er nicht. Diesmal wollte er sich aber den beiden unbedingt anschließen – der schlechten Straßenverhältnisse wegen, wie er sich einredete. Tief in seinem Innern wusste er aber, dass er jetzt einfach mitmusste, um möglichst bald wieder einen Waffenstillstand mit seiner Familie zu erreichen.
Die Kirche war schon gut gefüllt, als sie eintrafen, aber natürlich fanden auch sie noch einen Sitzplatz, ihren Sitzplatz, hätte man fast sagen können, denn vieles lief hier noch ziemlich nach Schema und Gewohnheit ab.
Während der Messe ließ Taschler seine Gedanken schweifen. Daher bekam er nicht viel von dem mit, was der Priester sagte, nur die Worte vom bösen Menschen, der Böses hervorbringt, weil in seinem Herzen Böses ist, ließen ihn aufhorchen. Er hatte vorher schon über die gestrigen Vorgänge nachgedacht und sich an Details zu erinnern versucht, die wichtig sein könnten. Aber jetzt fragte er sich, wer denn nun die Bösen in dieser konkreten Sache seien. Über neunzig Keller hatten den Besitzer gewechselt, aber von keinem einzigen der Ex-Besitzer war eine Klage eingebracht worden. Alle hatten, scheint´s, ihr versprochenes Geld erhalten, niemand war zu irgendetwas gezwungen worden. Zwar gab es Aufregung,

weil für den Fall des Nichtverkaufs angedroht wurde, welch kostenintensive Umbauten nötig würden, und noch dazu in kürzester Zeit. Und der verstorbene Vizebürgermeister hatte ihn und Steiner damit verrückt gemacht, die Umweltauflagen seien womöglich gar nicht so beschlossen und verordnet worden. Aber immerhin hatte er selbst die Papiere in der damaligen Gemeinderatssitzung mit eigenen Augen gesehen. Und wenn da wirklich etwas faul daran war, hätte das doch irgendjemand bemerken müssen. Die Sache war in den Medien, hochrangige Landespolitiker hatten dazu Stellung genommen, die Gemeindepolitik und die Grundverkehrskommission das Projekt abgesegnet, die einzelnen Verkäufe waren notariell beglaubigt über die Bühne gegangen – was sollte daran faul sein? Sein Freund Günther Steiner hatte ja selbst verkauft, obwohl ihn Fritz Pomper inständig darum gebeten hatte, es nicht zu tun, sondern es darauf ankommen zu lassen; schließlich könne er ja noch immer verkaufen, wenn er wirklich umbauen bzw. Teile seiner Zubauten wegreißen und alles neu gestalten müsse. Aber er, Fritz Pomper, gebe ihm sein Wort, dass das nicht passieren werde – weil es diese Vorschriften so gar nicht gäbe. Doch Steiner hatte den Medienberichten und seiner Einschätzung der Dinge mehr geglaubt, vielleicht auch deshalb, weil er seinen nicht gerade ansehnlichen Weinkeller samt dem dazugehörigen Weingarten am Kleincsater schon länger verkaufen wollte – gerade für sein Objekt hatte sich aber nie ein Interessent gefunden. Das Einzige, was Steiner störte, war die Vorstellung, dass jetzt vielleicht auch über seinen geliebten Csaterberg die Touristen wie die Heuschrecken herfielen. „Freu dich doch!", hatte der zweite Vizebürgermeister Hofer immer wieder zu ihm gesagt und gleichzeitig einen Keil in die Fraktion der Unabhängigen treiben wollen, „vielleicht wirft deine Märchenpension auch endlich etwas ab!"
Taschler überlegte. Vielleicht gab es also wirklich nichts Böses in der Geschichte, denn dass bei der Publicity, die hier betrieben wurde, jemand bewusst mit gezinkten Karten spielte, das traute

Taschler niemandem zu. Schließlich hätten da ja höchstrangige Landespolitiker mit eingeweiht sein müssen, und bei aller Skepsis gegenüber der Politik – dafür schienen ihm die burgenländischen Politiker doch zu wenig skrupellos bzw. einfach ein wenig zu provinziell.
Auf eine Frage hätte er aber schon gerne eine Antwort gehabt: Wer waren überhaupt diese ausländischen Investoren? Wem gehörte ein ganzer Teil des Csaterbergs jetzt eigentlich? Seltsamerweise waren in den Medien nie Namen aufgetaucht.
In diesem Moment läutete Taschlers Handy in seiner Jackentasche, genau in dem Moment, als der Priester hinter dem Ambo mit den Worten: „Aber jedem Bösen wird irgendwann einmal die letzte Stunde eingeläutet werden!" seine Predigt beendete. Taschler spürte, wie alle auf ihn blickten und es ihm die Röte in die Wangen trieb, weil er das Handy nicht aus der Jacke herausbrachte. Zwei alte Frauen mussten aufstehen, und es dauerte, bis er endlich aus der Bankreihe und schließlich aus der Kirche hinauskam.
„Ja?"
„Was treibst du denn? Warum lässt du es so lange läuten?" Günther Steiner klang ziemlich ungeduldig.
„Na du bist gut! Weißt du, wobei du jetzt gerade gestört hast?"
„Ich will´s gar nicht wissen!", meinte Steiner, ohne Taschler weiterreden zu lassen. „Komm nur rasch her, ich muss dir etwas zeigen!"

3

Irgendwie schien der Ort an diesem Faschingssonntagvormittag wie ausgestorben. Auch nach neun war kaum jemand zu sehen, einzig vier ältere Männer, die jeden Sonntag nach der Frühmesse ein paar Bummerl an einem der hinteren Tische spielten, saßen wie gewohnt an ihrem Stammplatz. Von den Faschingsnarren war hingegen überhaupt niemand gekommen, obwohl es sonst immer ein

ungeschriebenes Gesetz dargestellt hatte, dass vom Parkplatz vor meinem Lokal ausgeschwärmt wurde.
„Dieser Hofer ist ein richtiges Aas!" Eva war wie üblich in ihrer Wortwahl nicht gerade zimperlich.
„Wie meinst du das?" Ich stellte mich absichtlich dümmer als nötig, denn ich ahnte schon, was Eva sagen wollte.
„Tun Sie doch nicht so, Chef, als ob Sie es nicht wüssten! Mit diesem neuen Mann der Zukunft werden wir wohl oder übel den Bock zum Gärtner machen!"
Eva sprach mir aus der Seele, aber ganz offensichtlich war dies auch ihre eigene Meinung, denn sie gehörte unzweifelhaft nicht zu den Menschen, die anderen nach dem Munde redeten.
„Ich denke, selbst Hofer hat sich seine Chance verdient. Jeder sollte an seinen Früchten gemessen werden."
„Na danke, wie sauer diese uns allen noch schmecken werden, davon haben wir uns ja jetzt schon zur Genüge überzeugen können. Selbst in seiner eigenen Partei ist ja bereits einigen klar geworden, dass die Steigerungsstufen von Gegner immer noch Feind – Parteifreund lauten!"
Eva hatte Recht, obwohl es für uns von der Bürgerliste ja mit Amüsement zu beobachten war, wie Hofer durch seine Vorgangsweise zu gröberen Verstimmungen in der Bürgermeisterpartei beigetragen hatte. Mit unglaublicher Brutalität war der „Zuigroaste", der erst seit wenigen Jahren in der Gemeinde lebte, drauf und dran, sich seine persönlichen Pläne zu verwirklichen. Und da stellte der Bürgermeistersessel für den erst knapp über 30-Jährigen ja ganz offensichtlich nur einen ersten Schritt auf dem Weg zu höheren Weihen dar.
„Irgendwie tut mir Bürgermeister Weiner leid." Eva schien meine Gedanken zu erraten und sprach laut aus, was mir selber gerade in den Sinn gekommen war. „Da schuftet jemand 25 Jahre für die Gemeinde, und ich denke, das war zumindest am Anfang ehrlicher Einsatz und nicht das Verfolgen eigener Machtinteressen, und dann

kommt so ein junger Hupfer daher und bringt Dinge in Umlauf, die eine Wiederwahl unmöglich machen! Nur damit *er* sich selber auf den Thron des Ortskaisers setzen kann!"

„Du meinst ..."

„Natürlich meine ich! Glauben Sie denn etwa, dass die uralten Leichen in Weiners Keller ganz von alleine aufgetaucht sind? Da hat garantiert einer nachgeholfen! Und braune Flecken sind ja bekanntlich gerade in dieser Partei immer schon ein guter Grund gewesen, um unliebsame Mitbewerber loszuwerden!"

Ich war doch ein wenig erstaunt über das, was Eva da gerade sagte, und vor allem, wie sie es ausdrückte. Zwar war mir immer klar gewesen, dass ich es mit einer resoluten und nicht unintelligenten Frau zu tun hatte, aber dass sie sich auch für Politik interessierte und womöglich sogar diesbezüglich hinter meiner eigenen Linie stand, war mir nicht so bewusst gewesen. Auf Grund der Familiensituation hatte ich eher angenommen, dass sie vielleicht doch nach ihrem Vater schlug und eine zwar kritische, aber treue Wählerin der Bürgermeisterpartei war.

„Wie kommst du auf die Idee, dass Hofer hinter dem Artikel in der Lokalzeitung stehen könnte? Der eigene Parteifreund soll dafür gesorgt haben, dass Weiner bei der nächsten Gemeinderatswahl nicht mehr kandidieren wird? Wurden nach außen hin nicht immer Einigkeit und gemeinsame Empörung darüber signalisiert, dass man derartige Jugendsünden nun zu einer Schmutzkübelkampagne gegen einen derart verdienten Kommunalpolitiker benutzte? Auch Hofer selber hatte dies ja mehrfach betont! Ich hab ihn noch im Ohr, wie er darauf hingewiesen hat, dass die Partei jetzt nur umso mehr hinter ihrem Bürgermeister stehe – dass dieser aber ganz von sich aus nicht mehr antreten wolle, was gerade er besonders bedaure, weil er noch gerne länger von ihm gelernt hätte."

„So ein Blödsinn! Sie wissen doch selber, wie ehrlich solche Politikeraussagen gemeint sind. Solidaritätsbekundungen nach vorne – und hinterrücks bereits das Schlachtmesser gezückt. Das

ist die Realität, auch bei uns in Kohfidisch! Ob man es nun glauben will oder nicht." Eva kam jetzt erst so richtig in Fahrt.
„Aber mehr als bloße Vermutung ist es wohl auch bei dir nicht, oder?" Ich war neugierig darauf, was sie so sicher machte.
„Natürlich habe ich keine Beweise. Sonst hätte ich Sie und Ihre Bürgerliste schon längst damit gefüttert – obwohl, mit Verlaub, nach dem Tod von Onkel Fritz ja nicht allzu viel von euch übrig geblieben ist!"
Eva hatte Recht. Mir fehlte die Motivation und Rudi die Zeit, um wirklich vernünftige und schlagkräftige Oppositionspolitik zu betreiben. Und von allen anderen auf unserer Bürgerliste konnte man diesbezüglich erst recht nichts erwarten. Fritz war unser Motor gewesen, aber der lief nun nicht mehr.
„Aber vielleicht kann man diesem Hofer ja doch das Handwerk legen!" Eva gab nicht nach.
„Mir scheint, du übertreibst ein wenig. Er ist dir nicht sympathisch. Mir auch nicht, im Gegenteil! Und seine Methoden, innerparteiliche Gegner auszuschalten, mögen auch nicht vom Feinsten sein. Aber vielleicht entpuppt er sich als umso tatkräftigerer Bürgermeister, der noch viel Gutes für unser Dorf tut!"
„Also da müsste ich mich schon sehr in ihm täuschen. Nach dem, was ich aus ziemlich zuverlässigen Quellen weiß, erwartet uns nichts Gutes!"
„Was sind das für Quellen, von denen du sprichst? Und übrigens: Wir leben in einem demokratischen Land mit demokratischen Wahlen. Wenn Hofer wirklich nur Mist baut oder, wie du scheinbar vermutest, nur an der eigenen Karriere bastelt, dann wird er eben bei der nächsten Wahl abgewählt!"
„Das glauben Sie wohl selber nicht! Was gibt es denn in Kohfidisch für Alternativen? Oder haben Sie vielleicht selber diesbezüglich Pläne?"
Darüber mussten wir beide lachen. Natürlich hatte ich überhaupt keine Lust, mich wirklich intensiv in der Gemeindepolitik zu engagieren. Aber lag nicht gerade darin einer der Hauptgründe für das bestehende Übel? Überließ man nicht durch sein Nichtengagement

das Feld gerade denen, die es für die eigene Profilierungssucht missbrauchten?

„Auf jeden Fall ist es eine Schweinerei, dass Hofer den Auftrag gegeben hat, der Umzugswagen dürfe nicht mehr vor Ihrem Lokal aufgestellt werden! Schließlich war hier immer der Treffpunkt aller Faschingsumzüge gewesen!"

„Gibt es diese Aufforderung wirklich? Mike hat gestern so etwas von sich gegeben, aber ich habe es nicht ernst genommen. Denn schließlich stand der Wagen ja vor der Tür!"

„Sie werden schon noch sehen, wozu dieser Hofer fähig ist!" Evas Augen blitzten derartig, dass ich mir die Frage stellte, wo diese übergroße Abneigung wohl herrühren möge. Aber bei ihr gab es ja überhaupt nur Hass oder Liebe, kein Mittelding.

„Günther, ich bin fertig! Das eine Auto mit dem niederösterreichischen Kennzeichen musst du aber händisch ausschaufeln!" Pepi Schranz war so nett gewesen, meinen Parkplatz mit seinem Traktor vom Schnee zu befreien, sodass ich mir eine Menge Arbeit erspart hatte. Sein durch die nur kurz geöffnete Tür hereingeworfener Satz erinnerte mich plötzlich wieder an meinen verschwundenen Gast. Ich ließ Eva Gläser putzend hinter der Schank stehen und ging in den ersten Stock. Es war jetzt zehn Uhr vorbei. Ich konnte durchaus einmal vorsichtig an die Zimmertür meines Gastes klopfen und nachfragen, ob ich ihm schon ein Frühstück bringen sollte.

Mehrere Klopfversuche blieben ergebnislos. Nichts rührte sich. Also entweder schlief er so tief, dass er sich durch gar nichts stören ließ – oder er war wirklich noch nicht da. Ich tippte eindeutig auf letztere Variante, war mir sogar ziemlich sicher, so sicher, dass ich meinen Zentralschlüssel nahm und aufsperrte.

Das Zimmer war leer. Seit meinem gestrigen Besuch hatte sich kaum etwas verändert. Der kleine Koffer stand jetzt allerdings nicht auf der Kommode, sondern direkt neben dem unbenutzten Pyjama auf dem Bett. Ich drehte den Zimmerschlüssel von innen um und wollte mir den Koffer diesmal in aller Ruhe ansehen. Irgendwie war ich jetzt im Gegensatz zu gestern völlig ruhig; eine innere Stimme sagte mir, dass ich das tun musste, denn schließlich war mein Pensionsgast verschwunden.

Wieder war es die Wollweste, die mir zuerst in die Hände kam. Ich nahm sie vorsichtig heraus und legte sie auf´s Bett. Es folgten eine Unterhose und ein Unterhemd sowie ein Paar Socken und ein Handtuch, mehr an Wäsche war tatsächlich nicht vorhanden. Für einen Menschen, der eine ganze Woche bleiben wollte, doch ein wenig ungewöhnlich. Unter einem Handtuch bemerkte ich erst jetzt im Boden des Koffers noch ein Fach, das mir gestern völlig entgangen und mit einem Reißverschluss zugemacht war. Ich öffnete es und ertastete etwas, das sich wie ein Buch anfühlte. Ich zog es vorsichtig heraus und hielt eine Festschrift in Händen, die anlässlich der Markterhebung von Kohfidisch 1982 herausgegeben worden war. Als ich sie durchzublättern begann, fiel der Umschlag heraus, den ich gestern schon entdeckt und mir angesehen hatte. Außerdem lag vor mir ein kleines Ding auf dem Boden. Ich hob die Plastikkarte, die ich zunächst für eine Kreditkarte hielt, auf und sah sie mir näher an. Eine dreistellige Nummer stand drauf, sonst war nur noch ein Pfeil zu sehen. Ich glaubte zu wissen, was das war, und steckte sie wieder in die Festschrift. Hatte sie der Fremde an einer bestimmten Stelle hineingesteckt, gar um etwas zu markieren? Ich wusste es nicht, blätterte die Festschrift aber nochmals langsam durch, um nach weiteren Hinweisen zu suchen. In der ganzen Broschüre war nichts Aufregendes zu finden, nichts Angestrichenes, nichts Dazunotiertes. Erst ziemlich weit hinten wurde ich dennoch fündig. Die Seiten 131-134, auf denen laut Inhaltsverzeichnis das Schloss Kohfidisch und der Csaterberg beschrieben waren, fehlten, dafür steckte genau an der Stelle ein weiterer Zeitungsartikel, den ich nur zu gut kannte. Viel interessanter als der schmierige Artikel waren aber zwei handschriftliche Notizen darauf: Irgendjemand hatte *Unwahrscheinlich!* und *Fritz Pomper?* draufgeschrieben!

Ich nahm mein Handy und wählte Rudis Nummer.

4

Rudi Taschler hatte es nach dieser skandalösen Störung der heiligen Handlung nicht mehr gewagt, in die Kirche zurückzukehren. Er wartete beim Auto, bis Frau und Tochter nach Beendigung der Messfeier und den üblichen Tratschereien beim Wagen eintrafen. Wortlos bestiegen sie den Astra, wortlos fuhren sie zurück nach Harmisch.

Unterwegs grübelte Taschler intensiv darüber nach, wie er seiner Frau beibringen sollte, dass er gleich wieder wegfahren werde. Er entschied sich schließlich dafür, gar nichts zu sagen und lieber nach seiner neuerlichen Rückkehr noch vor dem Mittagessen wieder alles einzurenken.

Er stellte den Motor erst gar nicht ab, ließ Frau und Tochter nur aussteigen, wendete das Auto und fuhr unter den verdutzten Blicken seiner beiden Frauen wieder weg und zurück nach Kohfidisch. Auf die Idee, seinem Freund Günther einen Korb zu geben, war er gar nicht gekommen. Auch seine eigene Neugier hatte inzwischen ein derartiges Ausmaß angenommen, dass diese Variante keinen Gedanken wert war.

Taschler staunte, dass der Parkplatz vor dem Gasthaus schon völlig geräumt war. Da hatte garantiert wieder einmal Pepi Schranz ausgeholfen. Pepi gehörte nicht zu den Intelligentesten, aber man konnte alles von ihm haben – und das zu jeder Tages- und Nachtzeit.

Das Lokal war fast leer, als Taschler eintrat. Nur an einem Tisch wurde Karten gespielt. Steiner wartete schon auf ihn, und als er ihn eintreten sah, stürzte er ihm geradezu entgegen und zog ihn in die Seitennische beim Eingang. Schön langsam wurde dies zu einer charakteristischen Angewohnheit seines Freundes.

„Was ist denn los?" Taschler sah zu, wie Steiner eine Festschrift mit dem Titel „Marktgemeinde Kohfidisch" unter seinem Hemd herauszog.

„Was soll das? Willst du mir zeigen, wie wir vor über zwanzig

Jahren und in Fußballdressen ausgesehen haben?" Die Festschrift enthielt nämlich auch einen Bericht über die Geschichte des örtlichen Fußballvereins, bei dem sie damals beide ziemlich wenig erfolgreich tätig waren, samt einigen wenig schmeichelhaften Fotos.
Steiner schwieg und zog zwei Dinge aus der Festschrift, die er vor seinem Freund auf den Tisch legte.
„Na und? Wo ist dieser Rieger eigentlich?"
„Verschwunden! Ich hab´s ja schon länger gewusst, dass der nicht mehr auftaucht!"
„Und was willst du mit dieser Festschrift, diesem Zeitungsartikel und dieser Keycard?"
„Wow, woher kennst du den Spezialausdruck für derartige Plastikkarten? Ich bin begeistert!"
„Ich bin alles andere als begeistert! Jetzt klär mich endlich auf, warum du mich so eilig herbestellt hast. Dein Anruf hat den Kriegszustand bei mir zu Hause mehr als verschärft. Und ich hoffe, es gibt wirklich einen guten Grund dafür!"
„Schau dir doch den Artikel genauer an!" Steiner schien überzeugt, dass Taschler doch sofort erkennen müsse, welch tolle Entdeckung er da gemacht hatte. Doch der schien wie vernagelt zu sein.
„Siehst du denn nicht, was dieser Rieger handschriftlich vermerkt hat?"
„*Unwahrscheinlich! Fritz Pomper?* Er hielt es für unwahrscheinlich, dass P.F. Fritz Pomper ist?"
„Blödsinn! Schau doch genau, wie und vor allem wohin er das Ganze geschrieben hat!"
Langsam, aber sicher wurde Taschler sauer. „Also manchmal frage ich mich, warum ich gerade dich zu meinem Freund erwählt habe! Jetzt sprich nicht in Rätseln, sondern sag schon, worin deine Entdeckung besteht! Ich muss wieder heim und Schadensbegrenzung betreiben!"
„Gabi wird sich schon wieder beruhigen, da bin ich mir sicher. Vor

allem wenn sie hört, dass du mitgeholfen hast, ein Verbrechen aufzuklären." Steiner klopfte seinem Freund beschwichtigend auf die Schultern.
„Jetzt hör bitte mit diesem Unsinn auf und rede!"
„Also: Das *Unwahrscheinlich* steht neben der Überschrift des Artikels, das *Fritz Pomper* mit dem Fragezeichen aber ganz unten, obwohl oben auch noch Platz gewesen wäre!"
„Soll heißen ..."
„ ... dass Rieger bei den Initialen P.F. auch auf Pomper Fritz tippte, sich aber nicht sicher war. Und dass sich das *Unwahrscheinlich* auf die Überschrift bezieht, *„Csaterberg in ausländischer Investorenhand"*. Wenn unser Fremder tatsächlich dieser anerkannte Journalist Rieger ist, dann vermutet er ganz offensichtlich, dass sich der Csaterberg gar nicht in ausländischer Investorenhand befindet!"
„Na ja, klingt irgendwie plausibel, was du da sagst, aber es bringt uns ja wohl kaum wirklich weiter."
„Na vielleicht doch!" Steiner nahm den Zeitungsartikel und drehte ihn um. Auf der Rückseite befand sich unter anderem eine Bildreportage über das Kellergassenfest am Csaterberg im letzten August. Steiner zeigte mit seinem rechten Zeigefinder drauf.
„Was siehst du jetzt wieder, was ich nicht sehe?"
„Da oben steht meine Handynummer!"
„Tatsächlich! Woher hat Rieger die?" Taschler schien nun doch ehrlich erstaunt.
„Rieger hatte sie nicht, ich selber habe sie da drauf geschrieben!"
„Jetzt verstehe ich nur mehr Bahnhof!"
„Erst vorige Woche war ich bei Franz Klein in der Schlosskellerei, um die neuen Weinpreise auszuverhandeln. Da habe ich ihm auf einem Zeitungsblatt meine neue Handynummer draufgeschrieben, weil er sie schon wieder vergessen hatte!"
„Du meinst, das ist diese Zeitung hier?" Taschler konnte Steiner sichtlich nur schwer folgen.

„Genau! Und das bedeutet zweierlei: Rieger war gestern in der Schlosskellerei – und er weiß wahrscheinlich erst seit gestern, dass P.F. Fritz Pomper bedeuten könnte!“

5

Gegen Mittag tauchten dann doch einige meiner Stammgäste bei mir im Lokal auf, vom Haupttross der Faschingsnarren war allerdings tatsächlich weit und breit nichts zu sehen. Offensichtlich stimmte es also doch, was Eva behauptet hatte.
So kehrte bald nach eins die totale Ruhe ein, auch die letzten Kartenspieler hatten sich verzogen. Damit konnten Eva und ich in aller Ruhe zu Mittag essen, was an normalen Sonntagen meist erst nach zwei oder gar nicht möglich war, weil das Mittags- nahtlos in das Nachmittagsgeschäft überging.
Eva verwöhnte mich mit einem köstlich zubereiteten und knusprig angebratenen Zander, während sie selbst sich einfach etwas von dem Bauernschmaus genommen hatte, der in allzu großer Zahl für vermeintliche Gäste vorbereitet worden war. Im Nu hatte sie eine ganze Ladung von dem Sauerkraut, einen Riesenknödel und je ein Stück Gebratenes und Geselchtes verdrückt. Ganz von ungefähr kam es offensichtlich nicht, dass sie sich zu einem wirklich gestandenen Weibsbild gemausert hatte.
„Kein Wunder, dass nichts aus Ihnen wird! Stochert nur auf seinem Teller herum und bringt kaum etwas hinunter!“ Für Eva begannen richtige erwachsene Menschen ganz offensichtlich erst bei mindestens 80 Kilogramm bzw. Männer wohl überhaupt erst bei 100. Sie holte sich auf jeden Fall noch ein Stück Geselchtes und einen guten Schöpfer Sauerkraut nach, wohl nicht nur, um zu demonstrieren, wie gut ihr das alles gelungen war und wie sehr sie es als persönliche Beleidigung durch einen gewissen Hofer auffasste, dass ihre Köstlichkeiten heute nicht mehr Abnehmer gefunden hatten.

„Hallo, Chef, sind Sie noch da?" Eva wachelte mit ihrer rechten Hand vor meinem Gesicht, so, als ob sie mich aus einem Trancezustand zurückholen wolle. Und in der Tat war ich ziemlich in Gedanken versunken gewesen.
„Ich versuche mich ein wenig zu sammeln und ein paar klare Überlegungen zustande zu bringen!"
„Das können Sie doch auch nach dem Essen! Ich hab mir mit dem Fisch solche Mühe gegeben, und jetzt wird er kalt bzw. von Ihnen auch noch in kleine Fuzel zerlegt!"
„Tut mir leid, Eva, der Fisch ist wirklich köstlich!"
„Klar! Man sieht ja, wie gut er Ihnen schmeckt!"
Ich musste lachen, vor allem aus der ehrlichen Freude heraus, dass Eva da war. Was hätte ich nur ohne sie tun sollen? Aber konnte ich ihr das sagen, ohne missverstanden zu werden, in welche Richtung auch immer?
„Sag mal, Eva, jetzt einmal ganz im Vertrauen: Hältst du es für möglich, dass dein Onkel Fritz nicht eines natürlichen Todes gestorben ist?" Ich wusste selbst nicht, wie ich auf diese Frage kam, und das genau in diesem Augenblick.
„Was? Wie soll er denn sonst gestorben sein?" Eva schaute mich wirklich völlig verdutzt an, etwas, das bei ihr nicht oft vorkam, denn meist wirkten Empörung und Erstaunen mehr gespielt als echt.
„Ich weiß, was ich dir jetzt sage, klingt sicher mehr als verrückt. Aber irgendwie muss ich das jetzt loswerden. Und irgendwie glaube ich auch, dass gerade du mir weiterhelfen kannst." Ich hielt ein wenig inne und sah Eva fragend an.
„Entschuldigen Sie, Chef, aber wie soll ich Ihnen helfen, wenn ich nicht den geringsten Schimmer davon habe, wovon Sie sprechen!"
Eva hatte ja Recht, aber auf einmal war ich mir nicht mehr so sicher, ob ich sie wirklich in meine mehr als unausgereiften Gedankengänge einweihen sollte.
„Also!?" Eva wollte sich natürlich nicht damit abfinden, dass ich sie zuerst neugierig gemacht hatte und dass ich jetzt plötzlich wieder schwieg.

„Na ja, Eva, ich weiß nicht so recht, wo ich anfangen soll. Du erinnerst dich doch noch an gestern, als du mich in unserm einzigen derzeit belegten Gästezimmer ertappt hast."
„Ertappt? Wobei ertappt? Keine Ahnung, wovon Sie reden! Obwohl mir die Sache vom ersten Augenblick an seltsam vorkam. Schnappt mir einfach den Staubsauger weg und geht selber hinauf in den ersten Stock! So etwas ist mir ja bisher wirklich noch nicht passiert!"
„Ich weiß ja selber nicht, welcher Teufel mich da geritten hat! Aber da kam doch dieser Fremde zu uns ins Lokal und stellte blöde Fragen über den Csaterberg. Vor allem, ob er nicht einen Keller kaufen könne. Auf einmal haben alle Alarmglocken bei mir zu läuten begonnen. Ich weiß selber nicht warum, aber wenn ich das Gefühl habe, dass alle nur ihre miesen Geschäfte machen wollen und dass dabei einfach alles unter die Räder kommt, dann macht mich das wirklich wütend!"
„Bravo, Chef, so würde ich Sie gerne öfter erleben! Und nicht so lahmarschig, wie Sie meist sind. Verzeihen Sie, wenn ich da zu direkt bin, aber ein bisschen mehr Feuer und Sie könnten wirklich in die Fußstapfen meines Onkels treten. Aber was sollte die dumme Frage wegen seines Todes?" Für Eva redete ich ganz offensichtlich zu lange um den heißen Brei herum.
„Ich muss leider ein bisschen ausholen, also Geduld! Weißt du, warum ich in das Zimmer des Fremden zum Putzen hinauf wollte? Ich hatte vor, ein wenig Detektiv zu spielen!"
„Wie bitte, das kann ja doch nicht wahr sein! Schnüffelt in fremden Sachen herum!"
„Sagtest du vorher nicht etwas von Feuer und dergleichen..."
„Na ja, so habe ich das auch wieder nicht gemeint!"
„Ich weiß schon, aber eines kann ich dir sagen, ganz von ungefähr kam meine Neugierde nicht. Denn du wirst es nicht glauben, was ich herausgefunden habe!"
„Sie werden es mir hoffentlich gleich mitteilen, sonst zerplatze ich vor Neugier!"

„Der Fremde ist unter falschem Namen bei uns abgestiegen. Zunächst dachte ich mir schon, ein gefährlicher Killer habe sich bei uns ein Zimmer genommen. Doch inzwischen bin ich mir ziemlich sicher, dass es sich um einen Journalisten namens Rieger aus Niederösterreich handelt, der auf einen Hinweis deines Onkels hin zu uns nach Kohfidisch gekommen ist."
„Tut mir leid, aber ich kann Ihnen nicht folgen. Sind Sie sicher, dass Sie mir da nicht die letzte Folge von *C.S.I. Kohfidisch* nacherzählen?"
Ich wusste, dass Eva skeptisch sein musste, zu unklar klang das Ganze noch. Also war es nötig, mehr ins Detail zu gehen.
„Du weißt, dass die Kellerverkäufe am Kleincsater im Vorjahr für ziemlichen Wirbel gesorgt haben. Besonders dein Onkel war nicht mehr zu bremsen und wollte das Ganze unbedingt verhindern. Ich weiß bis heute nicht, ob er dafür gute Gründe hatte oder einfach den anderen wieder einmal nur Schwierigkeiten machen wollte. Ich selber konnte jedenfalls keine Ungereimtheiten erkennen und habe daher selber verkauft. Aber wie es scheint, wollte sich Fritz keinesfalls geschlagen geben und hat deshalb einem Journalisten geschrieben, dem er es scheinbar zutraute, der Sache doch noch einen Riegel, oder in unserem Fall wohl besser gesagt: einen Rieger vorzuschieben."
„Entschuldigen Sie, aber mein Onkel ist seit drei Monaten tot, wie soll er da einen Brief geschrieben haben?"
„Du hast Recht, Eva, diesbezüglich gibt es wirklich einige offene Fragen. Dem Poststempel war zwar eindeutig zu entnehmen, dass der Brief an den Journalisten in Oberwart aufgegeben wurde. Das Datum ist leider nicht gut erkennbar. Aber wenn ich mich nicht sehr täusche, dann dürfte das kurze Schreiben im August des Vorjahres verschickt worden sein. Warum dieser Rieger erst jetzt auftauchte, weiß ich leider auch nicht!"
„Was stand denn überhaupt in dem Brief, den angeblich mein Onkel geschrieben haben soll?"

„Dein *angeblich* ist nicht ganz unberechtigt, denn die wenigen Zeilen sind erstens mit einer Schreibmaschine getippt worden und auch nicht wirklich unterschrieben. Nur P.F. steht drunter. Dieser P.F. bat jedenfalls einen gewissen Willi Rieger, nach Kohfidisch zu kommen, im Gasthaus zum Weinberg abzusteigen und zu warten, bis er sich melde. Er habe hieb- und stichfeste Beweise, um eine richtige Bombe hochgehen zu lassen." Viel mehr stand, glaube ich, nicht drin, jedenfalls war das alles, an was ich mich erinnerte. „Aber wenn du willst, gehe ich hinauf ins Zimmer des Fremden und hole den Zettel, damit du dir selber ein Bild machen kannst!"

„Sind Sie verrückt! Was ist, wenn er gerade in dem Moment auftaucht? Aber wie kommen Sie überhaupt auf die Idee, P.F. könnte Pomper Fritz bedeuten? Da gibt es ja noch viele andere Möglichkeiten!"

„Grundsätzlich schon, aber wohl kaum, wenn sich im selben Kuvert ein Zeitungsartikel über die Kellerverkäufe am Csaterberg befindet. Und vor allem hinterließ Rieger eine Notiz mit dem Hinweis darauf, dass er selbst Fritz Pomper hinter der Abkürzung vermutete. Warum, das wissen wir leider selber noch nicht!"

„Wer ist wir?" Jetzt ging es Eva offensichtlich schon zu schnell.

„Verzeih, Eva, wenn dir manches jetzt ein wenig Spanisch vorkommt! Aber Details sind im Moment auch nicht so wichtig. Mit wir meinte ich übrigens Rudi Taschler und mich. Und uns beide interessieren im Moment zwei Fragen brennend, und bei einer von den beiden kannst du uns vielleicht weiterhelfen!"

„Die da wäre ..."

„Nun, die eine dreht sich um den Verbleib von Rieger, der seit gestern Nachmittag verschwunden ist."

„Wie sollte ich da weiterhelfen können? Glaubt Taschler, ich hätte den Fremden verführt und bei mir zu Hause versteckt?"

„Aber nein, du kannst uns allerdings hoffentlich bei der zweiten Frage weiterhelfen. Was könnte dein Onkel gewusst haben, welche Bombe meinte er wohl?"

„Keine Ahnung, woher soll ich das wissen! Obwohl, wenn ich es recht bedenke …" Eva dachte nach oder tat zumindest so als ob. Ich ließ ihr ein wenig Zeit, auch wenn es mir schwerfiel. Lange hielt ich nicht durch. „Nun red schon!"
„Sie wissen ja, dass mein Vater ein langjähriger Weggefährte von Bürgermeister Weiner war. Na ja, irgendwie ist er es eigentlich immer noch, auch wenn die beiden vor allem politisch nicht mehr die dicke Freundschaft verbindet, die sie über dreißig Jahre eng zusammenarbeiten ließ. Mit seinem Schwager, meinem lieben Onkel Fritz, der ja wirklich mitunter furchtbar nerven konnte, fand mein Vater hingegen nie einen gemeinsamen Nenner. Übrigens auch privat nicht, was meiner Mutter mitunter ziemliche Sorgen bereitete."
Ich kannte Fritz zur Genüge und hatte auch immer wieder miterlebt, wie er selbst seine privaten Konflikte in der Öffentlichkeit austrug. Da erzählte mir Eva nichts Neues. In einer Sache wusste ich allerdings nicht so genau Bescheid.
„Was war eigentlich der Grund dafür, dass dein Vater sein Gemeinderatsmandat niederlegte und sich von der Parteiarbeit ziemlich distanzierte? Gab es da eine Auseinandersetzung mit Weiner, von der ich nichts weiß? Oder hat ihm in der sogenannten großen Politik irgendetwas nicht gepasst?"
„Na ja, irgendwie stimmt das Letztere auch. Mein Vater und Weiner sind Männer, die, so glaube ich, immer das Miteinander gesucht haben und suchen, auch in der Politik. Und da stößt ihnen so manches sauer auf, was derzeit im Land passiert. Aber der Hauptgrund für den Rückzug meines Vaters dürfte doch etwas anderes gewesen sein …"
„… doch sicher nicht sein Alter!"
„Nein, das nicht, obwohl er wie alle Pensionisten seit seiner Pensionierung im Vorjahr noch weniger Zeit hat als früher! Was meinen Vater so besonders geärgert hat, ist der rasante Aufstieg dieses Hofer – aber auch, dass ihn niemand in der Partei gebremst hat, auch Weiner nicht, im Gegenteil. Offensichtlich war und ist der

Bürgermeister der Meinung, dass der Generationenwechsel für die Ortspartei wichtig und richtig sei. Und auch an der Person Hofer, wiewohl ihn kaum jemand sympathisch findet, scheint er nicht rütteln zu wollen. Und da war und ist mein Vater ganz anderer Meinung. Ich sage Ihnen, der hat mir Sachen über diesen Hofer erzählt! Wenn nur die Hälfte wahr ist, na dann gute Nacht, Kohfidisch!"

„Na so schlimm wird´s ja hoffentlich nicht sein!" Ich wäre zwar auf einige dieser Sachen, wie Eva sie nannte, sehr gespannt gewesen, aber das konnte und musste im Moment warten. „Verzeih, wenn ich einen Themenwechsel herbeiführe. Aber was ist jetzt mit der Bombe, die dein Onkel in der Hand gehabt haben könnte? Du hast dich wohl ein wenig weit von meiner Frage entfernt!"

„Aber überhaupt nicht, was sind Sie denn so ungeduldig!" Lächelnd stand sie auf und servierte meinen Teller nun endgültig ab, auf dem sich ein völlig erkalteter und grausam zerstückelter Fisch befand. Das Essen hatte ich ohnehin längst eingestellt.

Als sie aus der Küche zurückkam, setzte sie sich wieder und rückte dabei ihren Stuhl noch näher an meinen heran. Obwohl niemand außer uns im Lokal war, sprach sie deutlich leiser, als ich das sonst bei ihrer kräftigen Stimme gewohnt war. Fehlte nur noch, dass sie unter dem Tisch nach Wanzen suchte.

„Sie wissen doch, woher dieser Hofer stammt. Aber wissen Sie auch, mit wem er seit kurzem verwandt ist?"

Ich wusste Letzteres nicht und zuckte daher nur mit den Schultern.

„Hofer hat eine Schwester, eine junge Ärztin, die vor wenigen Monaten in den heiligen Stand der Ehe getreten ist, wie man früher so schön zu sagen pflegte. Und ihr Schwiegervater ist niemand anderer als der neue Star in der Landespolitik!"

„Du meinst unseren neuen Super-Landesrat, der alles an sich rafft und lieber heute als morgen den Landeshauptmann beerben würde? Na bei diesem Vorbild ist es ja kein Wunder, wenn sich Hofer bei uns in der Gemeinde so gebärdet!"

„Sie sagen es! Jedenfalls gab es in unserer Familie die wildesten Auseinandersetzungen zwischen meinem Vater und Onkel Fritz, als dieser von der Hochzeit hörte. Ich erinnere mich noch, dass es just bei der Geburtstagsfeier meiner Mutter zu einem Schreiduell der beiden gekommen ist – und dass sie sich dann für längere Zeit zurückgezogen und hinter verschlossenen Türen weitergeredet haben. Wenige Tage später legte mein Vater sein Gemeinderatsmandat zurück!"

„Das ist ja interessant! Du weißt nicht zufällig, worüber die beiden genau gesprochen haben?"

„Nein, das nicht, Vater wollte nicht darüber reden. Aber einige Brocken von der Schreierei sind mir noch in Erinnerung geblieben. Für Onkel Fritz war scheinbar mit dieser Hochzeit alles klar. Ich weiß zwar nicht genau, was er damit meinte, aber er wies immer wieder lautstark darauf hin, dass der Landesrat ja auch für Umweltschutz und Landschaftsplanung oder so ähnlich zuständig sei. Und damit wisse er nun endlich, woher der Wind wehe!"

Mir brummte der Schädel. Aber nicht nur wegen des vielen Alkohols von gestern. Was hatte Eva da gerade gesagt? Hofer ein naher Verwandter jenes Landespolitikers, dessen Ressort offensichtlich für die Landschaftsschutzmaßnahmen am Csaterberg zuständig war?

„Dann hat Hofer ja womöglich früher als wir alle gewusst ..." Ich dachte laut vor mich hin.

„Was gewusst?"

„Oder vielleicht nicht nur gewusst, sondern ..."

„Was sondern? Nun sprechen Sie doch nicht in Rätseln!"

„Ich glaube, dein Onkel besaß sie wirklich, die *Bombe*! Und jetzt hat sie vielleicht – dein Vater!"

6

Auf der neuerlichen Heimfahrt ärgerte sich Taschler, dass er auf seinen Freund Steiner gehört hatte und noch einmal nach Kohfidisch gefahren war. Steiners Mitteilungen waren zwar interessant gewesen, aber immerhin hätte er ihm das ja auch am Telefon sagen können. Und die Bitte seines Freundes, sich sofort auf die Suche nach Rieger zu begeben, konnte er ihm sowieso nicht erfüllen, jetzt musste er einmal nach Hause. An einem Dauerkriegszustand mit Frau und Tochter war Taschler wirklich nicht interessiert.
Die Stimmung beim Mittagessen hätte jedem mittelalterlichen Kloster zur Ehre gereicht, so ruhig und beschaulich ging es zu. Taschler versuchte zwar, mehrmals das Eis zu brechen, aber er musste sich letztlich selber eingestehen, dass mit Sätzen wie „Die Suppe schmeckt heute wieder besonders gut!" oder „Oh, Brathendl, mein Lieblingsgericht!" in Krisensituationen kein Staat zu machen war. Und viel mehr fiel ihm leider nicht ein. So betrachtete er es als echten Glücksfall, als schon kurz nach der Hauptspeise Gerhard mit seiner Familie zu Kaffee und Kuchen auftauchte. Durch den kleinen René kam im Nu Stimmung in die vorher so tristen vier Wände, und zwei Stunden später ließ sich Taschlers Frau unter dem offensichtlich Frieden und Entspannung bringenden Einfluss ihres bisher einzigen Enkelkindes dazu herab, ihren Mann wieder einiger Blicke zu würdigen.
Trotzdem hätte er es sicher nicht gewagt, gleich wieder wegzufahren. Um des lieben häuslichen Friedens willen wäre er ausnahmsweise wohl den ganzen Faschingssonntagnachmittag zu Hause geblieben. Doch die günstige Fügung des Schicksals wollte es, dass Gerhard dazu einlud, mit ihm und seiner jungen Familie zum Faschingsumzug nach Güssing zu fahren. In Gerhards Auto war gerade noch Platz für Gabi und Nicole, und irgendwie wurde Taschler gar nicht gefragt, ob er auch mitkommen wolle. Und sich aufdrängen – nun, das war ja wirklich nicht nötig.
So kam es, dass Taschler um halb vier erneut im Auto saß und auf

der Straße in Richtung Kohfidisch fuhr. Steiner hatte ihn seit über vier Stunden nicht mehr angerufen. Das bedeutete wohl, dass inzwischen nichts Aufregendes bzw. Mitteilenswertes passiert war. Trotzdem plagte Taschler die Neugierde, ob Rieger nicht inzwischen vielleicht doch aufgetaucht war. Immerhin hätte er es sich dann ersparen können, nach dem Vermissten zu suchen. Wo hätte er überhaupt damit beginnen sollen? Steiner war sich ja selber darüber nicht wirklich im Klaren gewesen, denn viel mehr Anhaltspunkte als den Zeitungsausschnitt aus der Schlosskellerei gab es ja nicht. Und dort brauchte Taschler an einem Sonntag sicher nicht zu suchen. So arbeitswütig war Franz Klein nicht, dass er gar Überstunden gemacht hätte. Es war ja schon ein Wunder, dass er die Schlosskellerei am Samstag geöffnet hatte. Immerhin konnten sie Klein ja fragen, wohin Rieger von ihm aus gegangen sei. Aber da brauchte Taschler ja nicht viel zu suchen, Franz Klein würde wie das Amen im Gebet heute sowieso irgendwann im Gasthaus zum Weinberg auftauchen.
Als Taschler seinen Wagen auf dem Parkplatz vor dem Gasthaus abstellte, wunderte er sich ein wenig über zwei Beobachtungen. Zum einen war weit und breit nichts vom Faschingsumzug der Verschönerer zu sehen, und zum andern betrat gerade der Amtmann von Kohfidisch das Lokal. Ignaz Fichtinger gehörte wahrlich nicht zu Steiners Stammkunden, der Mann war überhaupt nur selten in der Öffentlichkeit zu sehen. Er galt als gewissenhafter Arbeiter, ansonsten aber als eher zurückgezogener Sonderling. Angeblich verbrachte der Junggeselle den Großteil seiner Freizeit damit, dass er Zeitungsausschnitte sammelte und in mittlerweile unzähligen Ordnern archivierte. Auf welche Themen er sich dabei spezialisiert hatte, wusste niemand so genau, denn enge Freunde hatte er nicht. Dementsprechend viele Gerüchte gab es natürlich. Nur für Mike Reiter war die Sache ganz klar: „Na was wird er schon sammeln? Die Seite sieben der `Krone´, was sonst!"
Taschler schmetterte ein lautes „Grüß euch!" ins Lokal, während

er die Tür hinter sich schloss. Fichtinger stand an der Theke und bekam gerade von Steiner einen Kaffee serviert, während sich ganz hinten an einem der runden Tische erneut die Kartenrunde vom Vormittag eingefunden hatte.
Steiner warf Taschler einen strafenden Blick zu. Der wartete schon darauf, dass ihn der Wirt wieder einmal in die Seitennische zerren würde, um ihm die neuesten Neuigkeiten mitzuteilen.
„Sagen Sie, Herr Steiner, was ist denn das für ein Gast, der da vorgestern bei Ihnen abgestiegen ist?" Diese Worte des Amtmanns verhinderten aber vorerst ein weiteres Attentat Steiners auf Taschler.
„Woher wissen Sie von dem Fremden?" Steiner war sichtlich erstaunt. Und Taschler, der sich vorhin über Fichtingers Gasthausbesuch gewundert hatte, wurde einiges klar. Denn neben seinem Sammlertick wurde Fichtinger eine unglaubliche Neugierde nachgesagt.
„Gestern war ein mir Unbekannter bei mir im Amt. Er hat sich als ein gewisser Müller vorgestellt und gesagt, er habe ein Zimmer im Gasthaus zum Weinberg. Er wollte übrigens unseren Vizebürgermeister sprechen!"
„Hofer!" Steiner brüllte das Wort geradezu in den Raum.
Fichtinger zuckte ein wenig zusammen, nickte aber gleichzeitig und sagte fast ein wenig kleinlaut: „Im Moment haben wir ja keinen anderen. In Ihrer Fraktion ist ja niemand bereit, Pomper nachzufolgen. Oder?"
Steiner hatte ihm gar nicht mehr so richtig zugehört. Diesmal fiel er wirklich richtiggehend über Taschler her und zerrte ihn vor den erstaunten Augen Fichtingers in die Seitennische.
„Unglaublich, wie schnell dieser Rieger arbeitet! Ist nur ein paar Stunden hier in Kohfidisch und kapiert schon Zusammenhänge, für die ich Monate gebraucht habe!"
„Entschuldige! Ich verstehe kein Wort!" Taschler wusste wirklich nicht, wovon Steiner sprach.
„Hofer, das ist unser Mann!"

7

So gerafft es mir möglich war, erzählte ich Taschler von meinem Gespräch mit Eva. Sie war inzwischen heimgegangen, hatte mir aber versprochen, am Abend noch einmal vorbeizuschauen, ob ich vielleicht doch Hilfe benötigte. Maria, die Familie hatte, bekam sonntags immer frei.

Nachdem Taschler einigermaßen kapiert hatte, was für mich inzwischen, vor allem nach dem Gespräch mit Eva, glasklar war, schickte ich ihn mit der Keycard los. Ich kannte solche Karten nur von den Spitzenhotels in Bad Tatzmannsdorf. Wenn Rieger dort irgendwo abgestiegen war, dann erklärte sich auch, warum er nur ein so kleines Köfferchen hierher nach Kohfidisch mitgenommen hatte. Vielleicht ließ sich ja in dem anderen Zimmer, das von ihm gemietet war, mehr herausfinden als in seinen Sachen hier bei mir.

Ich war mir zwar noch nicht im Klaren darüber, was Riegers Verschwinden zu bedeuten hatte, doch steigerte ich mich mittlerweile erneut so sehr in meine Verschwörungstheorien hinein, dass ich im Moment wieder dazu neigte, Rieger für das bereits zweite Opfer nach Fritz Pomper zu halten. Und Hofer steckte dahinter, das war für mich ganz gewiss, wenn ich auch nicht hätte sagen können, wie er die zwei beseitigt hatte und auf welche Art er in die Geschichte am Csaterberg involviert war.

Auch Taschler, wie wohl sonst oft sehr skeptisch, wenn es um meine Theorien ging, hatte von den verwandtschaftlichen Beziehungen unseres Vizebürgermeisters nichts gewusst und gemeint, dass es da tatsächlich dunkle Zusammenhänge geben könnte. Er wollte ja gleich zu Sepp Wölfer, Evas Vater, und ihn befragen – denn wenn dieser von Pomper eingeweiht worden sei, dann müsse man ja immerhin davon ausgehen, dass auch er zur Zielscheibe werden könne. Daran hatte ich ebenfalls schon gedacht, aber gleich aus mehreren Gründen wollte ich anders vorgehen: Erstens lag das Gespräch zwischen Pomper und Wölfer Monate zurück – Fritz war tot, Sepp lebte, aus irgendeinem Grund schien er also bisher zumindest nicht so gefährdet, trotz seines möglichen Wissens. Zweitens gehörte Wölfer zu den politisch „anderen", und irgendwie musste ich mir ein ganz grundsätzliches Misstrauen dem anderen Lager gegenüber zugestehen. War denn auszuschließen, dass Wölfer sich, auch wenn wir ihm ein gegenteiliges Versprechen abnahmen, nicht doch Bürgermeister Weiner anvertraute? Und dann war durch die stille Post innerhalb der Partei nicht auszuschließen, dass auch Hofer sehr rasch von unserem Verdacht gegen ihn wusste. Und drittens wollte ich diesen unseren Verdacht keinesfalls äußern, bevor sich nicht herausgestellt hatte, was mit Rieger passiert war. Ihm und seinem rätselhaften Verbleib galt vorerst mein ganzes Interesse.

Nachdem Taschler sich auf den Weg gemacht hatte und die Dunkelheit bereits hereinbrach, wurde der Betrieb in meinem Lokal auch wieder stärker, und ich musste mich vermehrt um meine Gäste kümmern.

Knapp nach fünf läutete mein Handy. Ich hielt zwar nicht allzu viel von dem modernen technischen Schnickschnack, aber dass man bestimmten Anrufern eigene Klingeltöne zuweisen konnte, hatte ich mir doch zunutze gemacht. Ich wusste daher gleich, mit wem ich es zu tun hatte – sonst hätte ich jetzt möglicherweise gar nicht abgehoben, so stressig war es, nachdem jetzt doch auch eine ganze Horde von den Faschingsnarren eingetrudelt war. Im Normalfall wäre ich auf diese Burschen wirklich nicht neugierig gewesen, so besoffen waren die schon, aber irgendwie jubelte ich innerlich, dass es diesem Hofer doch nicht gelang, alles zu verhindern.

„Hallo, Sandra!" Ich hatte mich rasch in die Küche zurückgezogen, wo ich weitgehend ungestört sein würde.

„Ist bei dir für heute Abend alles klar?"

„Aber ja, um elf bin ich bei dir. Eva hat mir versprochen, dass sie später noch einmal vorbeischaut. Und wenn ich nicht rechtzeitig zusperren kann, übernimmt sie. Auf Eva ist Verlass!"

„Du schwärmst ja so von ihr, dass man fast eifersüchtig werden könnte!"

„Würde mir gefallen, wenn dem so wäre."
„Übrigens, was ist mit diesem Willi Müller los? Hinterlässt mir seine Handynummer und ist dann nie erreichbar! Wo treibt er sich gerade herum?"
Ich traute meinen Ohren nicht.
„Wie sagtest du heißt der Mann? Willi Müller?"
„Ja, genau, Willi Müller, irgend so ein Journalist, der angeblich bei dir abgestiegen ist und gestern bei mir im Kaffeehaus war."
„Das ist ja interessant, mir sagte er nämlich, er heiße Peter Müller. Und in seinem Koffer fand ich ein Schriftstück, das an einen gewissen Willi Rieger adressiert wurde. Was habt ihr denn gestern so alles besprochen?"
„Bist *du* jetzt vielleicht eifersüchtig?"
„Unsinn, aber irgendetwas muss ja gewesen sein, wenn du ihn jetzt sogar mehrmals anrufen wolltest!"
„Er hat mir ein paar Fragen gestellt, und mir ist da noch was eingefallen. Was, das sage ich dir später, wenn du mir hoffentlich erzählst, was mit ihm los ist. Ich muss nämlich jetzt Schluss machen. Tschüss!"
Sandra hatte die Verbindung unterbrochen, ich war nicht einmal mehr dazu gekommen, den Gruß zu erwidern. Es war schon beachtlich, was dieser Müller oder Rieger in wenigen Stunden schon so alles an Spuren hinterlassen hatte. Da musste es doch möglich sein, ihn ausfindig zu machen, egal, was inzwischen passiert war.
Als ich wieder aus der Küche in die Gaststube zurückkehrte, stand der alte Pischta Schneider an der Theke. Er hatte schon die längste Zeit beim Kartenspielen zugesehen. Selber spielte er nur noch ganz selten, aber er konnte stundenlang neben einer Kartenpartie sitzen und das Ganze mit einem leichten Lächeln beobachten. Ich wusste, dass er ein exzellenter Viererschnapser war, und wunderte mich sowohl darüber, dass er nicht öfter selber spielte, als auch, dass er wort- und kommentarlos zusehen konnte. Aber eben weil er seinen Senf nicht überall dazugab, war er bei den Kartenspielern auch

wesentlich beliebter als andere, die immer alles besser wussten.
„Sag mal, Günther, wo ist denn das Enkelkind von der Resi Lang?" Da ich dabei war, gleich ein paar große Biere in Serie zu zapfen, nützte Pischta die Gelegenheit, um das Wort an mich zu richten. Ich drehte mich halb zu ihm um, während ich mich bemühte, trotzdem eine schöne Krone zustande zu bringen. „Resi Lang, wer ist das, Pischta?"
„Du kannst dich doch sicher noch an den verstorbenen Volksschullehrer, den Erwin Lang, erinnern. Seine Frau, die Liesl, ist ja erst im Vorjahr gestorben. Er hingegen liegt seit gut zwanzig Jahren draußen auf dem Friedhof. Aber du bist ja wohl auch das eine oder andere Jahr bei ihm in die Schule gegangen, oder?"
Lang war ein toller Lehrer gewesen, ich hatte ihn geschätzt, wie das viele im Dorf taten, weil er es wie nur wenige verstand, Strenge und Güte in fast einzigartiger Weise zu verbinden.
„Und wer war die Resi?" Ich wusste immer noch nicht, wen Pischta meinte.
„Die Resi war die Schwester vom Erwin. Ein bildhübsches Mädchen, sag ich dir, damals natürlich. Ist dann weg ins Niederösterreichische und hat sich einen Großbauern geangelt! Einen gewissen Rieger."
Das fünfte Krügerl, das ich schon fast fertig hatte, war nun beinahe wieder leer, so ruckartig hatte ich mich beim Namen Rieger umgedreht. „Rieger? Du meinst, bei diesem Willi Rieger, der bei mir abgestiegen ist, handelt es sich um einen Verwandten unseres ehemaligen Dorflehrers? Du hast mit ihm gesprochen? Und er hat dir seinen richtigen Namen verraten?"
„Du schaust ja drein, als ob du eine Erscheinung gehabt hättest!" Pischta Schneider lachte laut auf, und er hatte wohl auch allen Grund dazu, so lächerlich erstaunt musste ich dreingesehen haben, mit einem nicht einmal halbvollen Krügerl in der Hand, während sich dessen Rest über meine Hose verteilt hatte. „Ja, dieser Rieger war bei mir. Und er hat mir eine Menge erzählt, auch dass er bei dir

abgestiegen ist. Warum hätte er mir da seinen Namen nicht sagen sollen?"
„Weil er sich bei mir als Peter Müller ausgegeben hat!"
Pischta runzelte die Stirn. „Wie kommst du auf die Idee, dass wir vom selben Menschen sprechen? Hast du zurzeit nur einen Pensionsgast?"
„Ganz genau! Und außerdem habe ich in seinen Unterlagen einen Brief mit dem Namen Willi Rieger gefunden. Aber das ist eine lange Geschichte. Und die kann ich dir jetzt wirklich nicht erzählen!" So gerne ich mich mit Pischta Schneider weiter unterhalten hätte, so wenig möglich war das im Moment. Wenn ich die Biere nicht gleich servierte, würden einige der besonders Durstigen wohl noch die Schank demolieren. Eindeutige Drohgebärden in diese Richtung erntete ich schon genug.
Es dauerte einige Minuten, bis ich wieder ein wenig Zeit für Pischta hatte. In der Zwischenzeit waren mir eine Unmenge an Gedanken durch den Kopf geschwirrt. Am liebsten hätte ich alle meine Gäste bis auf Schneider hochkantig hinausgeworfen, um endlich Zeit zum Reden und Nachdenken zu haben. Irgendwie hatte ich das Gefühl, unmittelbar vor der Lösung aller Rätsel im Zusammenhang mit Rieger zu stehen.
„Du, Pischta, worüber habt ihr denn so geredet, du und Rieger?" Ich wusste nicht, was ich Schneider zunächst fragen sollte, und hielt meine Frage daher sehr allgemein.
„Na über alles Mögliche, vor allem aber über den Csaterberg. Der interessiert ihn brennend. Und wenn ich ihn richtig verstanden habe, ist er seinetwegen da. Vor allem die Sache mit den Kellerverkäufen im Vorjahr hat es ihm angetan. Also habe ich ihm erzählt, was ich so weiß, vor allem auch einiges über die Geschichte unseres Berges!"
„Das wird ja dann länger gedauert haben!"
„Genau, mindestens zehn Schnäpse und mehrere Mischungen lang! Es ist ihm sichtlich schwergefallen, nach Kohfidisch zurückzu-

kehren, noch dazu bei dem gestrigen Sauwetter! Ist er wieder gut bei dir angekommen?"
„Bis jetzt nicht!"
„Was sagst du da?" Pischta Schneider glaubte wohl, nicht richtig gehört zu haben.
„Ja, leider, bis jetzt ist er nicht wieder aufgetaucht. Wann war er denn bei dir auf dem Csaterberg?"
„Auf die Uhr habe ich nicht geschaut. Aber auf jeden Fall war es bereits stockfinster, als er sich auf den Rückweg machte!"
„Und du hast keine Ahnung, wohin er noch gegangen sein könnte? Hat er vielleicht davon gesprochen, dass er noch was vorhatte?"
Schneider dachte kurz nach. „Du kannst dir ja vorstellen, dass ich auch genügend intus hatte. Aber wenn ich mich richtig erinnere, dann redete er davon, dass er sich am Abend bei dir im Lokal ein wenig umhören wolle. Sonst fällt mir nichts ein."
Aber mir kam da eine Idee. „Hat er in irgendeinem Zusammenhang den Fritz Pomper erwähnt?"
„Natürlich, Rieger wusste davon, dass Fritz gegen die Kellerverkäufe war. Und er wollte wissen, wer noch. Da habe ich ihm auch von dir und Rudi erzählt."
„Er fragte nicht zufällig, wo er den Fritz finden könne?"
„Rieger wusste, dass Fritz tot ist. Also suchte er ihn wohl nicht. Kann aber sein, dass ich ihm erzählt habe, wo das Haus von Fritz steht. Immerhin ging Rieger ja wohl oder übel wieder dran vorbei."
Pischta hatte den Satz kaum zu Ende gesprochen, als sich die Ereignisse zu überschlagen begannen. Eine neuerliche Menschentraube drängte in das Lokal herein, in dem langsam ein unglaublicher Lärmpegel herrschte. Mitten unter den Neuzugängen befand sich auch Franz Klein, den ich nur allzu gern gleich befragt hätte, was er mit Rieger gestern für eine Begegnung hatte. Doch das war vorerst nicht möglich, ich hatte wirklich alle Hände voll zu tun. Und das, obwohl Eva wie ein rettender Engel gleich unmittelbar nach den neuen Gästen eintraf, viel früher als ausgemacht. Zu zweit

kamen wir gut zehn Minuten lang kaum nach, um den ärgsten Durst zu bekämpfen, wobei ich mir beim Servieren wie der Kellner auf einem untergehenden Hochseeschiff vorkam, so sehr musste man sich zwischen hin- und hertorkelnden Faschingsnarren durchkämpfen.

Gleich in der ersten Verschnaufpause wollte ich mich zu Klein durchkämpfen, der neben Mike Reiter und Paul Oswald, wie hätte es auch anders sein können, an einem der Kartentische stand, an dem es gerade hoch herging. Ich war noch nicht ganz dort, als mich von hinten jemand an der Schulter packte.

„Chef, Ihr Handy läutet!" Wie Eva das bei diesem Tumult mitbekommen hatte, wusste ich nicht, jedenfalls hielt sie mir das kleine Ding entgegen.

Ich war ein wenig zu spät dran, erkannte aber sofort, wer mich hatte erreichen wollen. Rasch wählte ich Rudis Nummer und war kurz darauf mit ihm verbunden.

„Was gibt´s?"

„Du hattest Recht mit deiner Vermutung, Günther! Die Karte passte tatsächlich zu einem Hotelzimmer hier in Bad Tatzmannsdorf. Und hier hat sich´s ein gewisser Willi Rieger offensichtlich für längere Zeit gemütlich gemacht. Denn hier gibt´s nicht nur einen Pyjama und ein paar weitere Kleinigkeiten. Hier sieht´s eher aus wie in einem Büro!"

„Und hast du schon etwas wirklich Brauchbares entdeckt? Fass dich bitte kurz, denn hier geht´s im Moment so richtig rund!"

„Na das hör ich! Also vorerst nur so viel: Rieger schreibt offensichtlich an einem Buch. Jede Menge Zettel liegen jedenfalls herum. Ich hab das Ganze nicht so genau durchgeschaut. Aber ein Blatt, das auf dem Nachtkastl lag, ist doch interessant!"

„Nun sag schon, warum?"

„Es ist ein Blatt, auf dem groß *Geschichte des Csaterbergs* draufsteht. Einiges wurde mit einem gelben Leuchtstift angestrichen – und ein Wort hat Rieger groß dazu geschrieben und ein Rufzeichen

dahinter gesetzt!" Taschler machte wieder eine Pause.
„Nun sag schon, um welches Wort es sich handelt!"
„Edelsteine!"

8

Rudi Taschler hatte nach einer recht angenehmen Fahrt Bad Tatzmannsdorf relativ rasch erreicht. Es war zwar bitter kalt, aber es schneite nicht mehr, und die Straßen waren nicht nur gut geräumt, sondern inzwischen sogar schon großteils salznass. Nur auf dem letzten Stückerl in den Kurort hinein gab es noch eine richtige Schneefahrbahn. Aber dort durfte man sowieso nur dreißig fahren, und das war auch bei diesem Untergrund problemlos möglich.
Er hatte vor seiner Abfahrt mit Steiner kurz darüber diskutiert, in welchem Hotel er es zuerst probieren und wie er es am besten anstellen sollte, das passende Zimmer zur vorhandenen Schlüsselkarte zu finden. Günther Steiner hatte auf das Fünf-Stern-Hotel der Kurbad AG getippt, aber gleichzeitig zugeben müssen, dass es nur eine reine Vermutung sei. Jedenfalls wollte Taschler auf Nummer sicher gehen. Er kannte den Oberkellner im noch ziemlich neuen Thermen- und Vitalhotel, dem Vier-Stern-Haus der Kurbad AG, sehr gut, weil dieser auch aus seinem Heimatort stammte. Und falls die Türkarte zu einem der Hotels der Kurbad AG gehörte, würde ihm Roland Stubits sicher weiterhelfen können. Wenn nicht, dann wusste der Tatzmannsdorf-Insider sicher auch, welches andere Beherbergungsinstitut in Frage kam.
Taschler erkundigte sich an der Rezeption des Thermen- und Vitalhotels nach Stubits, und er hatte Glück, denn dieser war eben zu seiner Abendschicht eingetroffen und deckte gerade im angrenzenden und zur Zeit noch fast leeren Restaurant die Tische für das Abendessen.
Als Taschler eintrat, erblickte ihn Stubits sofort und ging ihm entgegen.

„Rudi, das ist ja eine Überraschung, was machst denn du da? Gönnst du dir auch mal was?"
„Servus, Roland, lange nicht gesehen! Na ja, wär ja eigentlich keine schlechte Idee. Aber mein Schnitzel bekomme ich woanders sicher günstiger!"
„Wir haben eindeutig mehr zu bieten als nur Paniertes!"
„Das glaube ich dir schon, aber ..." Taschler ließ den Satz unvollendet und wollte endlich zur Sache kommen. „Du, Roland, ich brauche deine Hilfe!" Er zog die Schlüsselkarte aus der Tasche und hielt sie Stubits hin.
„Was ist mit dieser Keycard? Die stammt nicht aus unserem Haus!"
„Sondern?"
„Da musst du ein Stückerl weiterfahren, hinaus zum Kur- und Thermenhotel!"
Ein wenig ärgerte sich Taschler, dass Steiner schon wieder Recht gehabt hatte.
„Danke für den Tipp, das war´s schon!" Taschler streckte die Hand aus, um sich wieder zu verabschieden.
„Na jetzt aber langsam! Was sollte das denn mit der Karte?"
„Verzeih, Roland! Zum einen habe ich es leider eilig. Und zum andern handelt es sich um eine derart lange und komplizierte Geschichte, dass ich mich ja selber nicht auskenne! Aber ich verspreche dir, ich komme demnächst wirklich als Gast zu dir und kann dir dann hoffentlich schon mehr erzählen!"
Taschler wandte sich um und eilte durch die Glastür hinaus. Stubits sah ihm mehr als verdutzt nach.
Im noblen Kur- und Thermenhotel herrschte in der Lobby reger Betrieb, sodass Taschler ganz sicher überhaupt nicht auffiel. Das besagte Zimmer würde er auch finden, ohne jemanden zu fragen.
Als er vor der Tür stand, schoss ihm plötzlich ein Gedanke durch den Kopf, der ihm – und offensichtlich auch Steiner – bisher noch nicht gekommen war. Was, wenn sich Rieger nicht alleine in Bad

Tatzmannsdorf befand? Er konnte doch nicht einfach ein fremdes Hotelzimmer betreten, auch wenn er die dazugehörende Türkarte besaß!

Möglicherweise hätte Taschler, mit einemmal völlig verunsichert, tatsächlich wieder umgedreht. Aber in diesem Moment tauchten mehrere Gäste auf, die offensichtlich in eines der Nachbarzimmer wollten. Um nicht irgendwie durch blödes Herumstehen aufzufallen, schob Taschler die Karte in den Schlitz und betrat das Zimmer, ohne noch einmal zu zögern.

Das Zimmer war menschenleer. Wenig später wusste Taschler auch, dass es sich in diesem Zimmer sicher nur ein einzelner Mensch, und zwar ein Mann, wohnlich eingerichtet hatte. Das Bett war zwar ordentlich gemacht, ansonsten vermittelte aber nichts in dem geräumigen Hauptraum den Eindruck, als ob seit drei Tagen niemand da gewesen wäre. Auf einem Schreibtisch stand ein Laptop, daneben ausgebreitet lagen unzählige Zettel, die sich wie ein markierter Weg bis zum Nachtkästchen hin fast über das halbe Zimmer verteilten.

Wonach sollte Taschler suchen? Steiner hatte ihm gesagt, es gehe vor allem darum, endlich sicher zu sein, mit wem sie es zu tun hatten. Also wäre es sehr hilfreich gewesen, einen Ausweis oder dergleichen zu finden. Aber irgendwie kehrte dieses Unwohlsein, das Taschler draußen vor der Zimmertür einen längeren Augenblick hatte zögern lassen, jetzt verstärkt in ihn zurück. Sich ein wenig umschauen, na ja, das ging ja noch; denn möglicherweise war diesem Rieger wirklich etwas zugestoßen, und dann galt es nach Spuren zu suchen. Aber warum musste *er* das tun, konnte man da nicht einfach die Polizei ihre Arbeit tun lassen? Taschler hatte etwas gegen diese Art der Detektivspielerei, für die sich sein Freund scheinbar so erwärmen konnte. Und daher verspürte er einen echten Widerwillen in sich, den Raum nicht nur grob zu inspizieren, sondern vielleicht sogar in den Sachen des Verschwundenen herumzuwühlen, so wie das Steiner in seinem Gästezimmer getan hatte.

Wieder zögerte Taschler. Da fiel sein Blick auf ein Blatt, das auf dem Nachtkästchen lag und auf dem einiges mit einem gelben Leuchtstift markiert war. Außerdem stand ein handgeschriebenes Wort in großer Schrift drauf, mit einem Rufzeichen dahinter.
Als Taschler sich das Blatt ein wenig näher angesehen hatte, entschied er, sich doch noch ein bisschen genauer umzuschauen. Ohne ein einziges Blatt zu berühren, las er ein wenig in den Texten, die ausgedruckt neben dem Computer lagen. Dann wandte er sich dem Schrank zu. Dieser war mehr als gut gefüllt, nicht nur mit Wäsche, sondern mit weiteren Unterlagen, Ordnern und Büchern. Auch hier entschied er sich dafür, keinesfalls eine Unordnung zu hinterlassen. Ganz vorsichtig hob er zunächst ein paar Gewandstücke auf, um sie gleich wieder sinken zu lassen. Er musste auch gar nicht allzu intensiv suchen, um etwas sehr Nützliches zu finden. Denn auf einem Stoß mit Büchern lag etwas, das wie ein Ausweis aussah. „Presseausweis" las Taschler und blickte hinein. Er gehörte einem gewissen Willibald Rieger, geboren am 14. Mai 1965 und wohnhaft in Neulengbach. Auf dem Foto war ein noch recht jugendlich wirkender Mann mit fröhlichem Lächeln, aber schon leicht erhöhter Stirn erkennbar. Taschler hatte Steiners Pensionsgast ja noch nicht gesehen, daher konnte er im Moment auch nicht darüber befinden, ob es sich bei dem Abgebildeten tatsächlich um denselben handelte. Aber er entschied sich kurzerhand dazu, den Ausweis mitzunehmen. Konnte ihm das als Diebstahl ausgelegt werden? Taschler dachte nicht allzu lange über mögliche unangenehme Konsequenzen nach, sondern schloss die Schranktüren wieder und machte sich aus dem Staub, allerdings belastet von einem mindestens so schlechten Gewissen wie beim Herkommen.
Als er sich wieder im Hotelfoyer befand, hatte er plötzlich eine Idee.
„Darf ich Sie etwas fragen?"
„Aber natürlich!" Eine junge Frau blickte von ihren Papieren auf und geradewegs in das etwas verlegen wirkende Gesicht Taschlers. „Was kann ich für Sie tun?"

„Ich wollte Willi Rieger auf seinem Zimmer besuchen, aber er war nicht da! Sie wissen nicht zufällig, wo er sein könnte?"
„Tut mir leid, ich bin ziemlich neu hier, und Rieger, nein, das sagt mir leider gar nichts ..."
„Rieger? Habe ich richtig verstanden?" Ein junger Mann, ebenfalls in der Uniform des Kur- und Thermenhotels schaute aus einem Zimmer gleich neben der Rezeption.
„Ja, Willi Rieger!"
„Das ist doch der Journalist, der schon seit einigen Wochen bei uns ist. Nadine, an den müsstest du dich doch auch erinnern."
„Na ja, jetzt wo du es sagst, ich glaube, ich weiß, um wen es geht!"
Der junge Mann stand inzwischen vor Taschler. „Was wollten Sie noch gleich von Herrn Rieger?"
„Ich hätte ihn gerne besucht, aber er ist scheinbar zurzeit nicht da!"
„Das kann durchaus sein. Rieger schreibt, so weit ich weiß, gerade wieder an einem Buch, da braucht er zwischendurch sicher auch einmal Pausen, um einen Spaziergang zu machen oder dergleichen!"
„Haben Sie ihn denn heute schon gesehen?"
„Wenn ich recht überlege, dann eher nicht. Aber ich bin auch erst zu Mittag gekommen. Möchten Sie eine Nachricht hinterlassen?"
„Nein, danke, ich melde mich morgen wieder!"
Taschler fiel soeben ein, dass er nun wohl genügend Spuren hinterlassen hatte, falls jemand dahinterkommen sollte, dass ein Unbekannter in Riegers Zimmer herumschnüffelte und dabei einen Ausweis mitgehen ließ. Er fühlte, wie ihm im Gesicht heiß wurde, und verließ fluchtartig das Hotel.

9

Vom Telefonat mit Rudi bis zu seinem Eintreffen im Lokal dauerte es keine ganze Stunde. Und in dieser Zeit hatte ich kaum Zeit, um mich gedanklich weiter mit der Sache zu beschäftigen. Mir gelang es einzig und allein, zwischendurch Franz Klein, den Schlosskellermeister, auf seine gestrige Begegnung mit meinem Pensionsgast anzureden. Das Ergebnis meiner Nachfrage war allerdings mehr als dürftig, denn Franz erinnerte sich weder an den Gast noch daran, dass er gestern in der Kellerei gewesen sei und dort irgendjemanden getroffen habe. Ich stellte ihm keine weiteren Fragen, Rieger war dort gewesen, so viel war klar. Und wenn nötig, konnte man Klein später, wenn er wieder etwas mehr Durchblick hatte, noch immer intensiver aushorchen.

Kurz bevor Rudi Taschler eintraf, verließ ein Großteil der maskierten Faschingsnarren wieder – fast wie auf Bestellung – das Lokal und wankte in die dunkle Febernacht hinaus. Es hatte wieder leicht zu schneien begonnen, und das trotz eisiger Kälte. Richtig sibirisch und ganz ungewöhnlich, noch dazu um diese Zeit. Erst vor kurzem hatte ich die intensive Berichterstattung über die Klimaerwärmung im Fernsehen interessiert mitverfolgt. Kohfidisch war also offensichtlich doch anders.

Im Gasthaus herrschte zwar immer noch reger Betrieb, aber ich konnte jetzt, nach der Abwanderung der Maskierten, mit ruhigem Gewissen an Eva übergeben. Sie würde das Kind schon schaukeln, da war ich mir sicher. Ich zog mich zurück in den zweiten Stock und bat Eva, Rudi nach oben zu schicken, falls er einträfe, bevor ich wieder herunten sei.

Wenig später war Rudi da. Wir setzten uns auf die Couch, auf der er in der letzten Nacht geschlafen hatte und auf der seine Decke immer noch genauso dalag wie heute Morgen.

Rudi griff in seine Jacke und holte etwas heraus, das er mir in die Hand drückte. Ich las „Presseausweis“ und erkannte auf dem Foto den Mann, der am Freitag mein Lokal betreten hatte.

„Das ist er!“
„Also doch! Und, hat er schon ein Lebenszeichen von sich gegeben?“
„Nein, bisher nicht! Aber jetzt erzähl schon, was du in seinem Tatzmannsdorfer Zimmer gefunden hast!“
Rudi gab mir einen kurzen Überblick, der nicht gerade umwerfende Neuigkeiten mit sich brachte.
„Und wo ist das Blatt, von dem du mir schon am Telefon erzählt hast?“
„Das liegt noch immer dort, wo ich es gefunden habe!“
„Warum hast du es nicht mitgenommen? Du arbeitest wie ein Anfänger!“
„Ich *bin* ein Anfänger in solchen Dingen, und ich möchte auch gar nicht mehr sein! Weißt du, was für ein ungutes Gefühl ich bei all dem hatte!?“
Ich wollte meinem Freund nicht Unrecht tun, denn schließlich erinnerte ich mich nur allzu gut daran, wie es mir selber bei meinem ersten Besuch in Riegers Zimmer ergangen war – und das in meinem eigenen Haus!
„Entschuldige, Rudi, ich habe natürlich Verständnis für dein Verhalten. Und sollte es nötig sein, dann können wir das Blatt ja ohnehin holen!“
„Glaubst du nicht, dass wir das anderen überlassen sollten? Der Polizei zum Beispiel, die sind, glaube ich, eigens dafür da!“
„Was sollen wir der Polizei erzählen? Dass ein Pensionsgast von mir seit gestern nicht mehr aufgetaucht ist? Dass sein Peugeot vor meiner Tür steht? Dass man also davon ausgehen muss, es könnte ihm etwas passiert sein? Es ist Faschingssonntagabend – glaubst du wirklich, dass da heute irgendjemand von der Polizei auch nur einen Finger rührt?“
Taschler kratzte sich in den Haaren, etwas, das er immer machte, wenn er einem anderen ungern Recht geben musste.
„Na siehst du! Bis morgen möchte ich aber nicht warten! Also:

Was wissen wir? Wir wissen, dass dieser Rieger seit einiger Zeit in Bad Tatzmannsdorf einquartiert ist. Er schreibt dort an einem Buch, worüber, das wissen wir allerdings nicht."

„Na ja, ich habe mir die Papiere, die dort herumlagen, zwar nicht genauer angesehen, aber doch immerhin überflogen. Irgendwie dürfte das Ganze etwas mit Massentourismus und seinen negativen Folgen zu tun haben. So viel wurde mir schon klar!"

„Du bist ja doch zu etwas zu gebrauchen! Das hilft uns wieder weiter, warum hast du denn das vorher nicht erzählt?"

Ich dachte kurz nach, was diese neue Information bedeuten könnte. „Rieger schreibt also womöglich an einem Buch über Tourismussünden. Dabei stößt er unter anderem auch auf den Csaterberg. Denn immerhin hat er entfernte Verwandte hier in Kohfidisch."

„Wie kommst du denn darauf?" Taschler wirkte überrascht.

Ich erzählte ihm kurz, was ich von Pischta Schneider erfahren hatte.

„Du meinst, er hat sich seines Buches wegen mit dem Csaterberg beschäftigt, den er aus seiner Kindheit persönlich kannte? Womöglich sogar, bevor ihm Fritz Pomper geschrieben hat?" Rudis Gedanke war interessant.

„Bravo! Denk bitte weiter laut nach! Jede Idee könnte hilfreich sein. Aber wenn er tatsächlich aus beruflichen Gründen an den Kellerverkäufen interessiert war und dann auch noch diesen Hinweis erhielt: Warum kam er dann nicht schon am nächsten Tag hierher nach Kohfidisch?"

Meine Frage, die ich mir eher selber gestellt hatte, konnte Rudi natürlich nicht beantworten. Aber ich wollte mich im Moment auch nicht allzu lange mit offenen Fragen aufhalten.

„Wie auch immer, jetzt ist er da. Oder besser gesagt, er war es zumindest. Warum jetzt?"

Wiederum war die Frage eher für mich gedacht. Diesmal wartete Rudi aber mit einer überraschenden Antwort auf: „Vielleicht hat er ja herausbekommen, dass sein P.F., Fritz Pomper, verstorben ist.

Und das könnte ihn neugierig gemacht haben!"
„Wäre immerhin möglich! Allerdings nehme ich, wie schon einmal gesagt, eher an, dass er erst seit gestern hinter P.F. unseren ehemaligen Vizebürgermeister vermutet. In jedem Fall weiß Rieger, dass Pomper inzwischen tot ist. Das hat Pischta bestätigt. Wir sollten natürlich auch noch die weiteren gefundenen handschriftlichen Notizen heranziehen, die wahrscheinlich aus der Feder Riegers stammen. Denen zufolge vermutet dieser womöglich, dass hinter dem Deal mit den Kellern gar keine ausländischen Investoren stecken, sondern ..."
„Sondern was?"
„Keine Ahnung, Rudi, ich trau mich ja selber nicht auszusprechen, was ich mir diesbezüglich denke! Aber wie passen die Edelsteine da hinein? Was meinte Rieger damit?" Ich hatte wirklich keinen blassen Schimmer.
„Vielleicht sollten wir Rieger selber fragen!"
„Richtig, Rudi! Das Allerwichtigste im Moment ist, Rieger zu finden. Aus meiner Sicht haben wir nur zwei Anhaltspunkte, um erfolgreich zu sein: Zum einen war Pischta Schneider gestern am frühen Abend der Letzte, der Rieger gesehen hat. Und bei ihm erfuhr er, wo sich das Haus befindet, in dem Fritz bis zu seinem Tod lebte. Und zum andern war Rieger in irgendeiner Form bereits hinter Hofer her, was ich besonders erstaunlich finde. Offensichtlich wusste Rieger einiges, was uns erst allmählich klar werden musste und muss!"
„Und wo suchen wir jetzt zuerst?" Rudi schien endlich auch Feuer gefangen zu haben, was mich besonders freute.
„Das mit dem Haus von Fritz erscheint mir greifbarer und leichter nachprüfbar. Ich bin daher dafür, dass wir zuerst nachschauen, ob wir dort etwas finden. Und wenn nicht, dann sehen wir einmal, was unser diesjähriger Obernarr so macht!"

Eine Viertelstunde später standen Rudi und ich vor dem Haus von Fritz Pomper, das am Ortsende und direkt am Weg zum Csaterberg lag und das seit seinem Tod unbewohnt war. Rieger musste hier gestern auf seinem Heimweg vorbeigekommen sein. Und möglicherweise hatte er sich nach dem, was ihm von Pischta erzählt worden war, ein wenig umsehen wollen. Aus einem mir selber unerklärlichen Grund verspürte ich die seltsame Gewissheit, dass Rieger hier noch irgendwo sein musste. Deshalb erstaunte es mich gar nicht einmal so sehr, als wir feststellten, dass zwar alles finster, dass die Eingangstür aber nur angelehnt war. Ohne lange nachzudenken, betraten wir den dunklen Flur.

„Ist da jemand?" Während ich nach einem Lichtschalter tastete und schließlich auch einen fand, war mir schon, als ob ich etwas gehört hätte.

„Da ruft jemand um Hilfe!" Es kam wohl aus einem der Zimmer, die auf der Rückseite des Hauses lagen. Rudi blickte mich vielsagend an und deutete mit seinem Daumen auf eine der beiden Türen, und zwar auf die, welche zum ehemaligen Arbeitszimmer von Fritz führte.

Während erneut um Hilfe gerufen wurde, pressten wir uns ein bisschen wie in einem schlechten Film gegen die Wände des schmalen Ganges. Dann drückte Rudi die Türschnalle und stieß die Tür mit Schwung auf. Von der Vorraumlampe, die ich eingeschaltet hatte, fiel genügend Licht in den Raum, um zu erkennen, welches Chaos im ehemaligen Arbeitszimmer von Fritz herrschte. Aber erst als Rudi einige Augenblicke später das Licht im Arbeitszimmer aufgedreht hatte, erblickten wir den mitten zwischen heruntergeworfenen Büchern, Papieren und Ordnern liegenden, gut verschnürten und sich verzweifelt windenden Menschen.

3. Teil:
Die Burg

1

Als Rieger erwachte, wusste er zunächst überhaupt nicht, wo er sich befand. Ein schlimmer Kopfschmerz verhinderte klare Gedanken. Er war von völliger Dunkelheit umgeben, vermochte aber nicht zu entscheiden, ob es wirklich finster war oder ob es an ihm lag. Wo befand er sich hier überhaupt, und wie war er hierher geraten? Er konnte sich nicht erinnern, irgendwann in seinem Leben Ähnliches erlebt zu haben, und für einen Moment lang durchzuckte ihn, begleitet von einem weiteren stechenden Schmerz im Kopf, der Gedanke, er sei wohl tot. Doch seine Arme, die ganz offensichtlich am Rücken verschnürt waren und ihm fast genauso weh taten wie der Kopf, und die ebenfalls zusammengebundenen Beine, die er nur gemeinsam und auch das nur mit erheblichen Schwierigkeiten bewegen konnte, sprachen eher dagegen, dass er seinen irdischen Körper los geworden sei – eher im Gegenteil, noch nie hatte er jede einzelne Kleinigkeit an diesem so sehr gespürt wie in diesem Moment.
Er gab seine Versuche vorerst auf, sich irgendwie von der Stelle zu bewegen, und ließ sich in seine Ausgangsposition zurückfallen. Die war zwar auch alles andere als bequem, aber doch noch deutlich angenehmer, als wenn er sich aufzurichten versuchte.
Wieder fiel er in eine Art Dämmerzustand, wobei er nicht genau wusste, ob er gerade an die Dinge, die ihm durch den Kopf gingen, dachte oder ob er träumte oder gar dahindelirierte. Ein alter Mann schenkte ein Glas nach dem anderen voll und drang auf ihn ein, es auszutrinken, und dabei hörte er ihn etwas von einer Resi Lang reden und was für ein hübsches Mädchen sie gewesen sei. Wer war Resi Lang? Rieger wusste es einfach nicht.
War er so betrunken gewesen, dass er sich an nichts erinnern konnte? Aber gefesselt hatte er sich ja wohl kaum selbst in seinem Rausch, also musste irgendetwas passiert sein. Doch dieses Etwas erschien wie weggeblasen.
Rieger ergab sich seiner Müdigkeit und schlummerte wieder ein.

Als er erneut erwachte, bemerkte er, dass es offensichtlich bereits dämmerte, denn ein wenig Licht fiel durch zwei kleine Fenster in das Zimmer.
Erneut durchzuckte ihn ein stechender Schmerz, der ihn für einige Momente wieder beinahe benommen werden ließ. Als dieser neuerliche Blitz seinen Kopf wieder weitgehend verlassen hatte, versuchte er seinen Körper, der irgendwie seitlich auf dem Boden lag, ein wenig zurechtzurücken, sodass die Teile, die er sich inzwischen ganz offensichtlich schon wund gelegen hatte, wieder ein wenig Erholung fanden.
Wie lange lag er schon da? Die Alarmzeichen aus seinen gefesselten Extremitäten ließen auf Tage, wenn nicht Wochen schließen. Aber allmählich begannen einzelne Teile seines Oberstübchens offensichtlich wieder zu funktionieren, und die sagten ihm, dass es wohl kaum so lange sein könne. Er nahm auch langsam seine Umgebung wieder wahr, obwohl die geringe Lichtmenge noch keineswegs ausreichte, um Details zu erkennen. Was er sah, war aber, dass er nicht als Einziges ein wenig unpassend im Raum herumlag.
Es dauerte wohl gut und gern noch eine Stunde, bis sich Rieger mit weiteren Gedanken bzw. dem Raum, in dem er sich befand, beschäftigen konnte. Inzwischen hatte er sich nämlich unter größter Kraftanstrengung zu einem nahen Schrank gekrümmt, gewunden und gezogen – oder wie auch immer! – und war dann anschließend schweißgebadet neuerlich in einen Dämmerzustand abgetaucht.
Als er erneut erwachte, war er zwar wieder zur Seite gesunken, konnte sich aber diesmal vergleichsweise leicht wieder aufrichten, und befand sich mit einemmal in einer geradezu bequemen Position. Mit dem Rücken an den Kasten gelehnt taten auch die Arme nicht mehr so weh, und langsam war er in der Lage, seine Gedanken wieder ein wenig zu sortieren. Zwar hatte er nach wie vor keinen Schimmer, wo er sich da gerade befand und wie er hier-

her gekommen war, aber die immer wieder stoßweise kommenden Schmerzen im Kopf und die ihm angelegten Fesseln zwangen ihn zur Annahme, dass ihm jemand wohl eine über den Kopf gezogen und ihn anschließend gefesselt hatte. Aber warum?
In dem Zimmer sah es wirklich schlimm aus, alle möglichen Gegenstände lagen auf dem Boden verstreut herum. In der Nähe des kleinen Schranks, an dem er lehnte, stand etwas, das wie ein nicht ganz zeitgemäßer Schreibtisch aussah. Dessen Laden waren herausgerissen, deren Inhalt offensichtlich verstreut. Hatte er …?
Rieger schob diesen Gedanken weit von sich. Solche Sachen machte doch immer der andere, wie hieß er doch gleich?
Kaum zu glauben, aber es dauerte eine Zeit lang, bis ihm der Name seines Partners und besten Freundes Kurt Schwarz einfiel. Der Schlag musste wirklich heftig gewesen sein!
Kurt, ja Kurt hatte schon öfters von solchen Erlebnissen erzählt. Schließlich fuhr er ja auch in der ganzen Welt herum und recherchierte in Bereichen, wo Betroffene nicht gerne andere ran ließen. Kurt liebte die Gefahr, spielte sogar mit ihr, was für ihn den Reiz nur erhöhte. Rieger war hingegen immer schon ein Feigling gewesen, zumindest was derartige Dinge anging. Zivilcourage, Dinge offen ansprechen, das ja, aber echte Abenteuer – nein, danke! Als sie vor nunmehr über zehn Jahren die Idee zu ihrem ersten Buch hatten, war auch rasch klar gewesen, wie die Aufgabenverteilung aussehen würde. Kurt, der sich unter falschem Namen in einen Lebensmittelkonzern eingeschlichen und ungeheure Dinge herausbekommen hatte, würde weiter an der „Front" arbeiten und Material sammeln. Rieger, dem studierten Germanisten und Lektor bei einem kleinen Autorenverlag, der gelegentlich für unbedeutende Lokalzeitungen schrieb, würde die Rolle dessen zukommen, der aus dem Material ein möglichst interessant zu lesendes Buch machte.
„Moderne Sklaventreiber. Die Machenschaften der großen Lebensmittelkonzerne" wurde dann auch zu einem unglaublichen Erfolg.

Beide hätten sie mit den Einnahmen aus dem Verkauf des mehrere Monate die Sachbuchbestsellerlisten anführenden und in etliche Sprachen übersetzten Werkes für ihr weiteres Leben finanziell ausgesorgt gehabt. Doch weder Schwarz noch Rieger dachten daran, sich auf erworbenen Lorbeeren auszuruhen. Kurt war schon bei den Recherchen für ihr erstes Buch auf neue Skandale gestoßen, und die galt es in weiteren Büchern aufzudecken.
Riegers Erinnerungen, zumindest weiter zurückliegende, funktionierten also wieder. Er wusste auch noch, dass er zusammen mit seinem Partner gerade an ihrem vierten Buch arbeitete, in dem die Schattenseiten des modernen Massentourismus aufgezeigt und Blicke hinter die Kulissen desselben gemacht werden sollten. Deshalb saß er seit einigen Wochen wieder alleine, getrennt von seiner Familie, in einem Hotelzimmer, um die Ergebnisse, die von Schwarz zusammengetragen worden waren, in Buchform zu gießen. Das hatte er immer so gemacht. Und diesmal war die Wahl auf Bad Tatzmannsdorf gefallen, nicht nur, weil ihm das Kur- und Thermenhotel so gut gefiel, sondern … Da war doch noch etwas gewesen, das für das Burgenland den Ausschlag gegeben hatte, und zwar nicht nur seine Wurzeln in dieser Gegend. Resi Lang? Ah ja, jetzt fiel es ihm wieder ein, das war doch der Mädchenname seiner Großmutter gewesen! Sie stammte aus Kohfidisch. Kohfidisch. Csaterberg. Genau, jetzt wusste er es wieder! Die Kellerverkäufe am Csaterberg. Irgendjemand hatte ihm geschrieben, er solle nach Kohfidisch kommen, um einen Skandal aufzudecken. Rieger, den der Csaterberg schon davor beschäftigt hatte, war zunächst neugierig geworden, hatte einen ihm bekannten Redakteur aus Oberwart um Hintergrundinformationen gebeten und nach dessen Auskünften entschieden, nicht nach Kohfidisch zu fahren. Alles schien wie üblich abgelaufen zu sein. Kleinere Tricks wie überall, wenn es um viel Geld oder Immobilien ging, aber ein Skandal war nicht zu erwittern. Außerdem hatte er damals, im Spätsommer, Wichtigeres zu tun. Zumindest zeitweise musste die Familie

Vorrang vor allem anderen haben. Die beiden Zwillingstöchter Judith und Sarah hatten im Juni maturiert und würden bald nach Wien übersiedeln, um dort zu studieren. Die wahrscheinlich letzte gemeinsame Reise der beiden mit ihren Eltern war lange schon geplant und wurde durchgezogen. Wegen eines vagen Hinweises hätte er das im letzten Augenblick absagen sollen?
Aber er hatte sich dann nach Weihnachten für das Burgenland entschieden. Wohl mehr instinktiv. Ja genau. Er wollte irgendwie doch in der Nähe sein. Und dann war er schon mehrere Wochen in Bad Tatzmannsdorf gewesen, ohne einen Abstecher in die Weinidylle zu machen, ehe er den Artikel in der Bezirkszeitung gelesen hatte. Ein riesiger Halbedelstein war am Csaterberg gestohlen worden. Was ging da bloß in dieser Gegend vor sich? Rieger war neugierig geworden ... und dann doch nach Kohfidisch gefahren! Richtig, es fiel ihm jetzt wieder ein, wie er mit seiner kleinen Reisetasche in den Gasthof spaziert war und gleich alle Anwesenden verstummen hatte lassen. Wie in einem schlechten Film!
Rieger krachte der Magen, er hätte inzwischen etwas zum Essen vertragen. Ganz abgesehen von dem Durstgefühl, das er schon eine ganze Weile verspürte. Die Zunge klebte ihm im Mund. Jetzt wäre ihm der Wirt recht gewesen, der ihm immer gleich ein großes Bier auf den Tisch knallte, ohne dass er eines bestellt hatte. Der Wirt! Begleitet von einem neuerlichen heftigen Kopfschmerz fiel Rieger Steiners Name wieder ein und dass er wohl noch in Kohfidisch sein müsse. Wo war er nur zuletzt gewesen?
Nirgendwo in dem Raum befand sich eine Uhr, und auf seine am linken Arm konnte er nicht hinsehen. Rieger wusste daher nicht, wie viel Zeit seit dem Hellwerden vergangen war. Zu wirklich geordneten Gedanken schien er immer noch nicht fähig, sein Brummschädel und vor allem Durst und Hunger ließen sie einfach nicht zu. Er versuchte sich krampfhaft auf etwas zu konzentrieren, hätte aber gar nicht sagen können, worauf. Zwischendurch fixierte er immer wieder einzelne Gegenstände in dem unbekannten Raum,

der zu seinem ganz persönlichen Gefängnis geworden war. Doch das vorherrschende Durcheinander schien das Chaos in seinem Inneren nur zu verstärken, daher ließ er den Kopf wieder hängen und verharrte in einem seltsamen Dämmerzustand.
Plötzlich fuhr er wieder hoch. Er spürte, wie sich ein Schatten näherte. Als er aufblickte, war aber nichts zu sehen. Der Raum bot sich ihm völlig unverändert dar. Da fiel es ihm wieder ein. Ja, ein Schatten hatte sich ihm genähert, und mit einemmal war das Bewusstsein erloschen. Gleich beim ersten Haus nach dem Wald hatte er etwas überprüfen wollen. Genau, er war auf dem Csaterberg gewesen, und auf dem Rückweg wollte er bei P.F. vorbeischauen. Pomper Fritz, der verstorbene Vizebürgermeister! Jetzt fiel es ihm wieder ein, er musste hier in seinem Haus sein. Irgendjemand hatte ihn von hinten niedergeschlagen, ganz offensichtlich. Wer konnte das gewesen sein? Wenn ihn Verwandte von Pomper für einen Einbrecher gehalten hätten, wären sie längst mit der Polizei zurückgekommen und hätten ihn nicht stundenlang hier liegen lassen, so viel war sicher. Riegers Gedankengänge schienen sich wieder einigermaßen zu klären und sinnvolle Schlussfolgerungen zuzulassen. Kurioserweise hatte der Magen inzwischen auch fast völlig aufgehört, vor sich hinzuknurren wie ein getretener Hund, nur das Durstgefühl steigerte sich langsam ins Unerträgliche. Aber was konnte Rieger tun, um sich aus seiner misslichen Lage zu befreien?
Er überlegte. Wer immer ihn gefesselt, ja geradezu verschnürt hatte, er verstand offensichtlich etwas davon, denn eine Selbstbefreiung erschien ihm völlig aussichtslos. Hilfreiche Werkzeuge waren ebenfalls nicht zu entdecken. Sollte er um Hilfe rufen? Warum kam er erst jetzt auf diese Idee? Aber würde ihn jemand hören? Oder konnte er sich eventuell aus dem Haus schleppen und bis hinaus auf den Weg gelangen, um so von Vorbeikommenden gefunden zu werden? Oder gab es im Haus Telefon? Aber wie sollte er das bedienen? Entsprechende Szenen aus Filmen fielen ihm

ein, doch genau aus diesem Grund schob er diese Variante auch gleich wieder beiseite. Und die mit dem Ins-Freie-Robben, -Kriechen oder wie auch immer musste wohl mehr als gut überlegt werden – womöglich gelang es ihm tatsächlich bis vor die Tür, aber was, wenn ihn dann die Kräfte verließen? Er war gut angezogen, aber selbst hier herinnen litt er zunehmend auch unter der Kälte – draußen war ihm das Erfrieren garantiert, wenn er möglicherweise stundenlang im Schnee liegen blieb.

Er wollte aber auch nicht untätig sein. Vom Schrank bis zur Tür waren es schätzungsweise vier Meter, er konnte ja einmal versuchen, wie diese Distanz zu bewältigen war. Nachdem er mehrmals laut um Hilfe gerufen und danach auf irgendein Zeichen von Antwort gewartet hatte, ließ er sich zur Seite fallen, um sich mit den Beinen vom Schrank wegzuschieben. Da er sich aber nicht abstützen konnte, war bereits diese kleine Übung mit ziemlichen Schmerzen verbunden. Dann drückte er sich mit den Beinen vom Schrank weg. Als er auf diese Art relativ rasch etwa die Hälfte der Strecke zurückgelegt hatte, krümmte er sich zusammen und streckte sich wieder aus, was ihn zwar voranbrachte, aber nur unter größter Anstrengung. Tatsächlich lehnte er wenig später seitlich von der Tür an der Wand, war aber derart erschöpft, dass er entschied, ein wenig zu rasten. Gleich darauf war er eingeschlummert.

Als er erwachte, dämmerte es bereits wieder. Rieger brauchte wieder eine Weile, um sich zu sammeln, meinte aber, dass es etwa fünf Uhr nachmittags sein müsse. Wenn ihn nicht alles täuschte und er nicht schon Tage hier lag, dann war heute Sonntag, Faschingssonntag. Im Ort waren sicher noch die Narren unterwegs. Vielleicht schauten sie ja auch hier vorbei. Aber in ein Haus, das unbewohnt war, kamen sie wohl nicht.

Von seinem neuen Standpunkt aus stach Rieger plötzlich etwas ins Auge, was ihm bisher gar nicht aufgefallen war. Auf dem schönen alten Schreibtisch lag eine Computertastatur, außerdem konnte er zwei kleine Lautsprecher erkennen – von einem PC und einem

Bildschirm war aber nichts zu erkennen. Was hatte das zu bedeuten? In Anbetracht seiner Lage nistete sich fast von alleine die Vermutung in Riegers Hirn ein, das Fehlen des Computers könnte sowohl mit der Unordnung im Zimmer etwas zu tun haben als auch mit dem Schlag, den er auf den Kopf bekommen hatte. War Pompers Bombe auf diesem nunmehr verschwundenen Computer gespeichert gewesen? Oder hatten das die Widersacher zumindest vermutet? Rieger schien dies durchaus plausibel, auch wenn er sich eingestehen musste, dass dennoch einige ganz entscheidende Fragen nach wie vor offen blieben. Warum hatte Pompers Wohnung erst jetzt jemand durchsucht, Monate nach seinem Tod? Und das genau in der Nacht, in der auch er auftauchte? Das passte irgendwie nicht wirklich zusammen!

Wie auch immer, Riegers Interesse war wieder geweckt und für den Moment stärker als seine Absicht, seinem Gefängnis zu entkommen. Instinktiv hatte er wohl auch keine Lust auf die eisige Kälte draußen. Er ließ sich wieder langsam zur Seite fallen und robbte ein wenig zurück in Richtung Zimmermitte, wo jede Menge Papier auf dem Boden verstreut herumlag. Rieger war gespannt, welche Art von Unterlagen Pomper so in seinem Zimmer aufgehoben hatte. Allerdings war es inzwischen wieder derart finster, dass er nicht allzu viel erkennen konnte. Nur so viel wurde ihm trotzdem bald klar, dass der ehemalige Vizebürgermeister offensichtlich bestimmte Zeitungsartikel ausgeschnitten, gesammelt und auch noch mit handschriftlichen Kommentaren versehen hatte. Die, auf denen er da im Moment herumlag, halfen ihm aber wohl kaum wirklich weiter, handelte es sich doch um Teile von Sportseiten, um Fußballberichterstattung, um noch etwas genauer zu sein. Eine Sportart, die Rieger nie etwas gegeben hatte. Das einzige Interesse, das ihn damit verband, war noch ein berufliches: Kurt Schwarz hatte ihm gegenüber erst im Vorjahr angedeutet, dass die seltsamen Machenschaften in der Welt des Fußballs eventuell auch einmal genauere Recherchen und ein nachfolgendes Buch wert sein könnten.

Rieger war auf den Zeitungsartikeln ganz offensichtlich noch einmal eingenickt. Als er nämlich wieder aufblickte, hatte sich im Zimmer absolute Dunkelheit breitgemacht. Er hob den Kopf und lauschte. Genau, er hatte sich nicht getäuscht, als er der Meinung gewesen war, ein Geräusch hätte ihn aus dem Schlummer gerissen. Da war es wieder! Es klang, als ob eine leicht knarrende Tür aufgeschoben würde.
„Ist da jemand?" Riegers Herzschlag beschleunigte sich blitzartig, als er diese Worte hörte. Noch ehe er entschieden hatte, ob dies auch wirklich klug war, rief er um Hilfe und wartete, was nun passieren würde. Obwohl es für einige Momente wieder völlig still war, wiederholte er den Hilferuf. Unmittelbar darauf flog die Tür auf und das Licht im Raum wurde eingeschaltet. Riegers Augen brauchten einen Augenblick, um sich an die plötzliche Helligkeit zu gewöhnen. Doch dann erkannte er in der Tür neben einem unbekannten Mann seinen Zimmervermieter.

2

„Na gut, dann ruf ich eben den Raimund Moser an! Die Wunde muss auf jeden Fall fachmännisch versorgt werden, so viel ist wohl klar. Sonst verblutet mir mein einziger Pensionsgast womöglich noch im Bett, und ich hab die Polizei am Hals!"
Ich beugte mich den Argumenten von Rieger, warum er auf keinen Fall in die Ambulanz wollte und denen auch Rudi offensichtlich einiges abgewinnen konnte. Auf meinem Handy hatte ich die Nummer unseres Dorfarztes gespeichert.
„Günther hier, servus Raimund, entschuldige die späte Störung, aber kann ich zu dir kommen? Ein Gast braucht dringend deine Hilfe!"
„Was war denn los? Hat´s wieder einmal gekracht? Im Fasching tut sich ja scheinbar regelmäßig etwas bei dir!"

„Erzähl ich dir, wenn ich da bin!"
Ich unterbrach die Verbindung und wandte mich wieder Rieger zu, der auf der Couch saß, auf der in der letzten Nacht Rudi geschlafen hatte. Zwar hatte ich ihm das Blut, das aus der Platzwunde ausgetreten war, schon weitgehend abgewischt, er sah aber immer noch ziemlich schlimm aus und wirkte wie ein Boxer nach einem kräftigen K.o.
„Kannst du alleine, oder sollen wir dich stützen? Der Doktor wartet auf uns!"
Rieger erhob sich zwar, ohne auf Hilfe zu warten, griff aber dann doch nach meinem Arm. „Danke, ich bin tatsächlich mehr geschwächt, als ich mir eingestehen möchte. Obwohl ich zugeben muss, nach dieser Riesenportion Bauernschmaus und einem Liter Flüssigkeit schaut die Welt ja schon wieder deutlich freundlicher aus!"
Rieger und ich machten uns also auf den Weg zu unserem Arzt, während Rudi trotz der späten Nachtstunde bei Sepp Wölfer vorbeischauen sollte, um mit ihm wegen der Vorgänge in Pompers Haus zu sprechen. Rieger hatte uns ja kurz darüber informiert, was er erlebt hatte und was er bezüglich des verschwundenen Computers vermutete. Außerdem sollten die nächsten Angehörigen ja darüber Bescheid wissen, dass im Haus des verstorbenen Vizebürgermeisters so einiges vorgefallen war.
Raimund Moser, mit dem mich seit frühester Kindheit eine enge Freundschaft verband und mit dem ich sogar für kurze Zeit ein Studentenheimzimmer in Wien geteilt hatte, erwartete uns schon beim Eingang zu seiner Arztpraxis. Ohne auf lange Erklärungen zu warten, versorgte er die Wunde am Kopf und stellte dann offensichtlich ein paar Untersuchungen an, um sicherzugehen, dass nichts Ernsteres passiert war.
„Na ja, wenn Sie für längere Zeit das Bewusstsein verloren hatten, dann wäre eine ordentliche Spitalsuntersuchung durchaus anzuraten."

Ich erzählte meinem Freund rasch, was vorgefallen war, und Rieger fügte hinzu: „Sie verstehen hoffentlich, warum ich von einer Untersuchung im Krankenhaus vorerst Abstand nehmen möchte!"
„Na, wenn ich ehrlich bin, nicht wirklich. Sie haben sich ja nichts zuschulden kommen lassen. Und das Ganze scheint mir ja ohnehin ein Fall für die Polizei zu sein. So weit ich aus Günthers ein wenig geheimnisvoll klingenden Ausführungen Klares entnehmen kann, wurde offensichtlich Pompers Haus von irgendjemandem verwüstet, den Sie dabei überrascht haben. Daraus kann Ihnen ja wohl niemand einen Strick drehen!"
„Raimund, ich habe dir noch nicht alles erzählt! Das Ganze ist ja auch eine mehr als lange Geschichte. Außerdem hatten Rieger und ich bisher noch nicht ausreichend Gelegenheit, uns ausführlich auszutauschen. Aber wir sind wohl beide davon überzeugt, dass es nicht nur um einen Hauseinbruch geht."
„Sondern?"
„Na wie soll ich dir das in wenigen Worten sagen, ohne dass du mich für verrückt hältst?"
„Mach dir keine Sorgen, verrückt sind wir ja alle auf irgendeine Art und Weise. Und deine Art des Verrücktseins, übrigens eine, die ich für sehr sympathisch halte, kenne ich ja schon lange genug. Also: Was ist los?"
Ich sah Rieger an, doch der zuckte nur mit den Schultern. Also überlegte ich kurz, wo ich anfangen sollte.
„Du bist doch im November herbeigeholt worden, als Fritz Pomper gestorben ist. Stimmt doch, oder?"
„Ja, Sepp Wölfer hat mich angerufen und mir gesagt, ich solle schnell vorbeikommen, er hätte sich wieder einmal mit Fritz gestritten und dieser sei ganz plötzlich wie vom Schlag getroffen zusammengesunken und habe das Bewusstsein verloren. Ich erinnere mich noch ganz genau. Aber warum fragst du?"
„Woran ist Fritz gestorben?"
„Ich denke, das war ja hinlänglich bekannt. Sepps laienhafte

Diagnose hatte sich als durchaus richtig erwiesen. In der Tat erlag Pomper einem massiven Gehirnschlag. Als ich eintraf, konnte ich nichts mehr machen, Fritz war auch nicht mehr zu Bewusstsein gekommen."

„Und da bist du dir ganz sicher?"

„Na hör mal, was soll denn das! Fritz wurde danach in Oberwart obduziert und die Gehirnblutung ganz klar festgestellt. Du stellst ja wohl hoffentlich nicht medizinische Gutachten in Frage!" Raimund Moser schien verärgert, aber ich kannte ihn zu gut, um zu wissen, dass er mir meine Fragerei nicht ernsthaft übel nahm. Allerdings wartete er logischerweise auf eine Erklärung.

„Ich habe dir zwar gesagt, dass Willi Rieger mein Pensionsgast ist. Aber nicht, warum er sich in Kohfidisch aufhält. Willi ist Journalist und nach Kohfidisch gekommen, weil er von Fritz Pomper darum gebeten wurde."

Rieger starrte mich entgeistert an. „Woher weißt du das?"

„Das erkläre ich dir später! Ich habe dir ja vorhin gesagt, dass Rudi und ich schon einiges herausgefunden haben!"

Raimund Moser unterbrach unsere Unterhaltung. „*Der* Willi Rieger, der auch Bücher schreibt, diese Aufdeckerreportagen oder wie man solche Sachen fachmännisch nennt?"

Rieger und ich nickten beide ganz synchron, fast wie einstudiert.

„Genau, dieser Rieger sitzt vor dir! Und wie schon angedeutet, Pomper hat ihn nach Kohfidisch geholt, weil unser verstorbener Vizebürgermeister hinter einem politischen Skandal her war!"

„Hinter was für einem Skandal? Wenn ich deinen Erzählungen Glauben schenken darf, dann erwitterte Fritz ja des Öfteren Skandale und regte sich darüber furchtbar auf – allerdings immer grundlos!"

„Na ja, vielleicht war es ja auch diesmal so, dass nur er Ungereimtheiten bei den Kellerverkäufen am Csaterberg zu erkennen glaubte. Wahrscheinlich ging ohnehin alles mit rechten Dingen zu. Ich habe ja selber verkauft, und mir ist auch nichts aufgefallen.

Außer dass es mir gegen den Strich geht, wenn jemand mit unserem Naturjuwel möglicherweise die große Kohle machen will. Aber es gibt ein paar seltsame Zufälle, die Pompers Verschwörungstheorie möglicherweise untermauern könnten. Wenn ich eine Stunde Zeit gehabt habe, um mich in Ruhe mit Willi Rieger zu unterhalten, dann kann ich dir vielleicht mehr darüber erzählen. Für den Moment musst du leider mit den bisherigen Andeutungen zufrieden sein!"

„Du hast mich jetzt zwar neugierig gemacht, aber ich gebe dir Recht, unser Patient gehört endlich ins Bett." Raimund wandte sich Rieger zu. „Und falls Ihnen wieder schlecht wird, soll mich Günther sofort anrufen. Bei ihm hebe ich wirklich zu jeder Tages- und Nachtzeit ab!"

Als Rieger und ich im Auto saßen, packte er mich am Arm und fragte: „Woher weißt du das mit dem Schreiben von Pomper? Hat er zu dir etwas davon gesagt?"

In diesem Moment läutete mein Handy, das ich im Auto hatte liegen lassen, während wir beim Arzt waren. Als ich die Anzeige erblickte, war mir klar, worauf ich ganz vergessen hatte.

„Hallo, Sandra, entschuldige, dass ich mich nicht gemeldet habe!"

„Was heißt hier: Entschuldige! Dreimal habe ich schon bei dir angerufen, und ebenso oft hat sich die Mobilbox eingeschaltet. Wo treibst du dich herum?"

„Das ist eine lange Geschichte. Wenn ich dir alles erzählt habe, wirst du sicher verstehen, wie das sonst Unverzeihliche möglich war!" Ich hatte selber keine Ahnung, warum ich so gestelzt daherredete, und Rieger sah mich auch entsprechend entgeistert an.

„Weißt du, wer neben mir im Auto sitzt?"

„Bist du dir sicher, dass ich das auch wirklich wissen will?" Sandra hörte sich ernsthaft verärgert an.

„Ich glaube schon. Und du wolltest diesem Jemand außerdem noch etwas sagen, ich gebe ihn dir!"

Zu Riegers Überraschung überreichte ich ihm mein Handy. Ganz zögerlich hob er es an sein Ohr.

„Wer?"
„Na die Kellnerin aus dem Kaffeehaus, in dem du gestern warst!", half ich ihm auf die Sprünge.
„Willi Rieger … ja, Willi Müller, …ja, erinnere mich … ja, aha …"
Da ich nicht hören konnte, was Sandra sagte, bekam ich auch nicht mit, was sie Rieger mitzuteilen hatte. Aber er würde mir ja anschließend hoffentlich berichten können, was ihr eingefallen war – auch wenn er während des Gesprächs wie ein soeben geflohener Irrenanstaltshäftling wirkte. Und Sandra begriff oder erahnte inzwischen hoffentlich, warum ich auf sie vergessen konnte, und den Rest würde ich ihr schon noch erklären.
Als er mir das Handy wieder zurückgab, hatte sie aber bereits aufgelegt. Und für mich war im Moment vor allem wichtig, was sie Rieger zu berichten hatte.
„Na, was hat sie gesagt? Spann mich nicht so lange auf die Folter!"
„Ich glaube, der Schlag war doch heftiger, als mir lieb ist. Ich gehöre ins Bett, da muss ich dem Doktor Recht geben."
„Keine Angst, du kannst gleich schlafen. Aber vorher möchte ich noch wissen, was Sandra gesagt hat!"
„Nicht viel, nur, dass wir uns das Kleingedruckte in den Verträgen einmal genauer ansehen sollten. Denn davon habe sie ein paar Mal reden hören!"
„Das kommt mir irgendwie bekannt vor!"

3

Als Rudi Taschler in seinem Astra saß, startete er nicht gleich, sondern schlug sich zweimal mit der Faust gegen die Stirn – um sicherzugehen, dass er auch wirklich wach war und nicht vielleicht doch zu Hause im Bett lag und träumte, was sicher bedeutend besser gewesen wäre, wie er sich eingestehen musste. Gut, sie hatten Rieger gefunden, das war eine mehr als sinnvolle Sache, vor allem angesichts des Zustandes, in dem sich dieser befand. Ohne fremde Hilfe wäre Rieger wohl nie aus Pompers Haus gekommen, und wer weiß, wie lange es gedauert hätte, bis er von jemandem anderen gefunden worden wäre. Das hätte im schlimmsten Fall sogar tödlich ausgehen können.

Aber die ganze Geschichte rund um diesen Journalisten aus Niederösterreich und die Kellerverkäufe am Csaterberg passten doch wohl deutlich besser in einen Roman als in sein bisher so gleichförmig verlaufendes Leben. Zwar hatte ihn inzwischen selber ein wenig die Neugier gepackt, und er hätte tatsächlich gerne gewusst, was wirklich hinter der ganzen Angelegenheit steckte. Aber die offensichtliche Besessenheit, mit der sich sein Freund Günther Steiner in die Sache hineinstürzte, machte ihm Angst. Er hatte auch keine Lust, noch weiter für ihn Detektiv zu spielen – und trotzdem nicht nein gesagt, als ihn Steiner zu Sepp Wölfer geschickt hatte. Sollte er wirklich jetzt noch zu den Wölfers fahren? Es war knapp vor elf Uhr nachts an einem Sonntag, und so gut kannte er Wölfer auch wieder nicht, dass er so mir nichts dir nichts problemlos dort auftauchen konnte.

Andrerseits hatte Günther Steiner schon Recht: Sepp Wölfer und vor allem seine Frau waren Pompers nächste Verwandte, und daher sollten sie erfahren, was in dessen Haus vor sich ging, und zwar so schnell wie möglich. Sie mussten ja schließlich auch entscheiden, ob Anzeige erstattet oder wie sonst vorgegangen werden sollte. Also gab er sich einen Ruck und fuhr zum Haus von Sepp Wölfer.

Normalerweise war Rudi Taschler ja nicht unbedingt sonderlich erfreut, wenn er Eva Wölfer sah, aber als er sie jetzt vor dem elterlichen Haus erblickte, wie sie den Hauszugang vom neugefallenen Schnee befreite, konnte er sich eine gewisse Erleichterung nicht verhehlen. Offensichtlich hatte sie vor nicht allzu langer Zeit das Gasthaus zum Weinberg hinter den letzten Gästen dicht gemacht und entschieden, lieber noch jetzt vor dem Zu-Bett-Gehen Schnee

zu schaufeln als am nächsten Morgen. Und damit blieb es Rudi erspart, die Wölfers aus dem Schlaf zu läuten.
„Taschler, was machst denn du da?" Eva traute ihren Augen nicht, als Rudi aus dem Auto ausstieg.
„Lassen wir bitte ausnahmsweise die üblichen Neckereien weg. Glaubst du, dass ich noch mit deinem Vater oder deiner Mutter sprechen kann?"
„Jetzt? Mitten in der Nacht? Die schlafen längst! Was willst du denn von ihnen?"
„Könnten wir vielleicht wenigstens ins Haus hineingehen, damit ich dir erkläre, was passiert ist? Ich möchte schließlich nicht unbedingt von jemandem beim nächtlichen Gespräch mit dir gesehen werden, wenn du verstehst, was ich meine?"
„Na gut, komm herein, als zweiter Jack the Ripper bist du nicht gerade verschrien!"
Taschler folgte Eva ins Haus ihrer Eltern, das er bisher noch nie betreten hatte. In einer ausgesprochen gepflegten, wenn auch nicht gerade modernen Wohnküche bekam er einen Platz angeboten.
„Also, was gibt es so Wichtiges, dass du mitten in der Nacht bei uns antanzt?"
„Dein Chef und ich haben Rieger gefunden, und du wirst es nicht glauben, wo!"
„Du wirst es mir aber hoffentlich gleich sagen!"
„Rieger war am Nachmittag bei Pischta Schneider am Csaterberg. Und der hat ihm erzählt, wo sich das Haus deines verstorbenen Onkels befindet. Auf seinem Heimweg hat Rieger dort vorbeigeschaut – und dabei ist er von einem Unbekannten niedergeschlagen und gefesselt worden!"
„Was? Das gibt´s ja nicht!"
„Und ob es das gibt! Außerdem ist das noch lange nicht alles. Scheinbar tauchte Rieger zum denkbar ungünstigsten Zeitpunkt auf. Er dürfte nämlich jemanden dabei gestört haben, der das Haus

durchsuchte. Weißt du übrigens, ob Fritz einen Computer auf dem Schreibtisch in seinem Arbeitszimmer stehen hatte?"
„Hatte er, warum ... Und was soll das mit dem Einbruch? Bist du sicher, dass dir die Nähe meines Chefs gut tut?"
Taschler ignorierte die letzte Bemerkung und fuhr fort: „Der Computer ist weg! Wahrscheinlich enthielt er die Bombe, die dein Onkel in seinem Schreiben erwähnt hat!"
„Das glaube ich nicht!" Eva sagte das mit großer Entschiedenheit.
„Warum bist du dir da so sicher?"
„Der PC ist schon längere Zeit verschwunden!"
„Ihr wusstet also, dass eingebrochen und etwas gestohlen worden ist?"
„Aber nein, das nicht, der Computer wurde ja auch nicht gestohlen. Den hat Lukas!"
„Wer ist Lukas?"
„Mein Neffe, vierzehn Jahre alt, der Sohn von Helmut, den du ja wahrscheinlich noch kennst, obwohl er schon seit Jahren in Wien lebt. Lukas hat seinen Großonkel Fritz in die Geheimnisse des Computers eingeführt, und nach dessen Tod durfte er sich mitnehmen, was er haben wollte."

Nachdem Eva Taschler versprochen hatte, dass sie gleich am nächsten Morgen in Pompers Haus nach dem Rechten sehen wollten, vor allem, um zu überprüfen, ob wirklich etwas gestohlen worden sei, machte sich Rudi endgültig auf den Heimweg.
Ziemlich genau um Mitternacht betrat er sein Haus in Harmisch und erkannte gleich, dass im Wohnzimmer noch Licht an war. Vorsichtig öffnete er die Tür und erblickte seine Frau Gabi, die im Fernsehsessel lag und las.
„Du bist noch auf?" Was wie eine blöde Floskel klang, war von Taschler ganz aufrichtig gemeint. Schließlich schlief seine Frau um diese Zeit normalerweise längst.
„Wie du siehst!" Taschler war beruhigt. Der Ton, in dem sie das

geäußert hatte, signalisierte zwar oberste Gereiztheit, aber immerhin schien die unangenehmste Phase, nämlich die des kalten Schweigens, wieder vorüber.
„Ich weiß, du bist verärgert, weil ich mich schon das ganze Faschingswochenende kaum zu Hause habe blicken lassen. Aber glaub mir, ich kann fast nichts dafür!"
Gabi lachte laut und irgendwie gekünstelt auf. „Du bist wohl entführt und gegen deinen Willen im Gasthaus festgehalten worden. Wer waren denn diese Bösen?"
Taschler hatte entschieden, sich von seiner Frau nicht provozieren zu lassen, er wollte so schnell wie möglich wieder Frieden im Haus haben.
„Klingt irgendwie unglaubwürdig, ich weiß. Aber wenn du erst mehr gehört hast, dann wirst du schon verstehen, wie ich das meinte!"
Da seine Frau stumm blieb, erzählte ihr Taschler, was an den letzten beiden Tagen rund um das Gasthaus zum Weinberg so passiert war, anfangs schön langsam und geordnet, schließlich aber, weil er bei seiner Frau wachsende Gereiztheit festzustellen glaubte, immer schneller und zunehmend konfuser.
„Ja, und dann haben wir ihn gefunden, verschnürt wie ein Paket und inmitten dieses ganzen Durcheinanders. Verstehst du jetzt, warum ich so lange aus war?"
„Ich weiß wirklich nicht, was ich mit dir machen soll. Du bist ja sonst ein ganz brauchbarer Mensch. Und es tut mir, zumindest meistens, nicht leid, dass ich dich geheiratet habe. Aber wenn du deine Trinkphasen hast, dann bist du unausstehlich! Dabei wirkst du diesmal fast nüchtern! Und trotzdem tischt du mir da ein derartiges Märchen auf, dass ich glauben muss, du sprichst im Fieberwahn! Sehen sich einen Film an, besaufen sich nebenbei, und zu Hause erzählt er mir dann, das Ganze sei tatsächlich passiert! Geh endlich ins Bett!" Gabi wandte sich wieder ihrem Buch zu.
Taschler war jetzt auch wirklich erbost. „Was heißt da Film?

Du glaubst mir nicht? Dann frag doch morgen Günther Steiner! Oder warte, bis es in der Zeitung steht, du wirst schon noch sehen! Und von welchem Film sprichst du überhaupt?"
„Ich habe erst vor einer halben Stunde abgedreht und dabei unter anderem ein paar Minuten von einem alten Schwarz-Weiß-Film gesehen, wo genau das passiert ist, was du mir erzählt hast!"
„Was?"
„Du hast schon richtig gehört. Ein Mann wurde gefesselt von Freunden in einem allein stehenden Haus entdeckt, nachdem dieser zuvor von einem anderen niedergeschlagen worden war. Und zwar von einem Sandler, der in dem Haus einen Unterschlupf gefunden hatte und sich von dem Eindringling gestört fühlte ..."

4

Am Montag blieb das Gasthaus traditionell geschlossen. Ich hatte zwar vorgehabt, eventuell im Laufe des Nachmittags wieder aufzusperren, schließlich war ja Rosenmontag und der Faschingsumzug des Verschönerungsvereins nach wie vor im Gange. Aber ich wollte es sozusagen vom Stand unserer „Ermittlungen" abhängig machen, ob auch wirklich Zeit dafür blieb.
Fast gewohnheitsmäßig war ich kurz nach fünf Uhr aufgewacht, hatte dann aber doch entschieden, ausnahmsweise länger im Bett zu bleiben. Es tat gut, noch ein wenig dahinzudösen und darüber nachzudenken, wie es jetzt weitergehen sollte. Ich konnte es kaum erwarten, mich endlich in aller Ruhe mit Rieger zu unterhalten, einige der offenen Fragen würden sich dadurch ja wohl sofort beantworten lassen. Rieger hatte es vorgezogen, in seinem Zimmer zu schlafen, obwohl ich anbot, auf jener Couch die Nacht zu verbringen, die nachts zuvor Rudi Taschler als Lager gedient hatte. Aber Rieger versicherte mir, dass es ihm recht gut gehe, dass er nur müde sei und sich schon auf ein richtiges Bett freue. Also ließ ich ihn ziehen.

So gegen halb sieben erwachte ich erneut, ich war also tatsächlich noch einmal richtig eingeschlafen. Ich ging hinunter in die Gaststube und heizte ein, außerdem warf ich einen Blick nach draußen. Es war unglaublich, aber der Himmel zeigte sich noch immer vollkommen wolkenverhangen, und es schneite noch immer ganz leicht. Im schwachen Licht der gelblichen Straßenlampen konnte ich jedenfalls das langsame Heruntertanzen einzelner Schneeflocken mitverfolgen.

Der große Parkplatz vor dem Lokal musste also neuerlich geräumt werden. Aber das hatte ja heute keine Eile, und vielleicht ergab sich wieder eine günstige Gelegenheit, um nicht selber Hand anlegen zu müssen.

Ich setzte mich in der inzwischen bereits wohlig warmen Küche zum Kaffee, nachdem ich mich rasiert und kalt geduscht hatte. Zwei Tageszeitungen waren bereits da, und ich schickte mich an, ein wenig darin zu blättern, als zu meiner großen Überraschung Rieger plötzlich durch die Tür hereinspazierte. Es war erst knapp nach sieben Uhr.

„Mit dir habe ich jetzt noch nicht gerechnet! Ich war mir sicher, du würdest vor Mittag nicht aus den Federn kriechen!"

„Ich fühle mich auch noch hundeelend, sogar ein wenig schlechter als vor dem Niederlegen. Im Oberstock brummt es fürchterlich, und auch in der Magengegend rumort es verdächtig. Aber ich konnte einfach nicht mehr einschlafen, weil mir so viel durch den Kopf ging!"

„Na dann setz dich zu mir und erzähl, was dich beschäftigt."

Knapp nach acht Uhr hatten wir beide gefrühstückt, ich so richtig herzhaft, weil es mir am Morgen immer besonders gut schmeckte, Rieger hingegen nur mäßig, weil ihm ganz offensichtlich wirklich noch nicht gut war, was ich verstehen konnte. Und so nebenbei hatten wir einander über den jeweiligen Wissensstand informiert. Allzu viel Neues konnte mir Rieger allerdings nicht erzählen. Dass er unter falschem Namen bei mir abgestiegen war, wusste ich ja

inzwischen längst; und warum er das getan hatte, vermochte er auch selber nicht so genau zu erklären. Die Hintergründe, warum er sich so lange Zeit gelassen hatte, bevor er nach Kohfidisch kam, waren zwar für mich neu, brachten uns aber in unserer Geschichte nicht weiter. Und dass er tatsächlich auch erst vor Ort auf die Idee kam, dass P.F. wohl der verstorbene Vizebürgermeister Pomper gewesen sei, hatte ich ja auch schon vermutet.
Da konnte ich schon um einige Neuigkeiten mehr bieten. Zwar war ich der Meinung gewesen, auch er hätte bereits so manches über Roman Hofer herausgefunden und sei sozusagen hinter ihm her gewesen, allerdings gestand mir Rieger, dass er Hofer aus ganz anderen Gründen gesucht habe. Und so war er ziemlich erstaunt, als ich ihm von Hofers kometenhaftem Aufstieg und vor allem von seinen verwandtschaftlichen Beziehungen erzählte. Auch über die politische Situation innerhalb der Gemeinde wusste Rieger zwar schon einiges, aber noch viel zu wenig, um die Zusammenhänge zu durchschauen. Dass eine Bürgerliste derart einschlagen und das frühere Zwei-Parteien-System derart aufmischen würde, hatte ja auch bei uns im Dorf niemand für möglich gehalten. Aber als Fritz Pomper völlig unerwartet ankündigte, er habe jetzt endgültig genug von den beiden im Gemeinderat vertretenen Parteien, die einen seien um nichts besser als die anderen, fanden sich sofort einige, die ihm beipflichteten. Dennoch hätte der schon vor seinem politischen Engagement als Sonderling verschriene Spitzenkandidat von „Pro Kohfidisch" wohl nicht allzu viel erreicht, wenn er nicht bei der Auswahl seiner Mitstreiter äußerst geschickt vorgegangen wäre. Ich ließ mich schließlich auch überreden, nicht zuletzt, weil ich felsenfest davon überzeugt war, es würde wohl nicht einmal für ein Mandat reichen. Dass es dann sieben wurden, dass wir also plötzlich ein Drittel aller Gemeinderatsmandate besetzen sollten und als zweitstärkste Fraktion den Vizebürgermeister stellen konnten, war eine echte Sensation, verursachte aber von Haus aus auch große Probleme. Denn auch alle hinter mir auf unserer Liste hatten zwar

beim Protest gegen die bisherige Gemeindepolitik mitmachen wollen, aber sich jetzt selber zu engagieren, das war eigentlich nicht beabsichtigt gewesen.
Nachdem ich Rieger solcherart ausführlich über die politische Situation in Kohfidisch informiert hatte, zog ich es in einem Punkt doch vor, ihm nicht die volle Wahrheit zu erzählen. Gleich zu Beginn unseres Gesprächs hatte er nämlich wieder wissen wollen, woher mir P.F.´s Schreiben bekannt war. Und da klärte ich ihn zwar darüber auf, dass ich ein wenig Detektiv gespielt und in seinen Sachen nach Spuren gesucht hätte – allerdings erst, *nachdem* er verschwunden war. Er musste ja nicht wissen, dass ich schon gleich nach seiner Ankunft in seinem Zimmer herumgeschnüffelt hatte.
„Also, was hältst du von der ganzen Sache? Was kann Fritz Pomper gewusst haben?"
Rieger überlegte einen Augenblick, ehe er antwortete.
„Wenn ich ganz genau darüber nachdenke, dann gibt es im Moment nur eine Sache, die wirklich merkwürdig ist. Alles andere spricht eher dafür, dass sich euer ehemaliger Vizebürgermeister nur etwas eingebildet hat."
„Und was ist das, dieses Eine?"
„Na das, was im Haus des Verstorbenen vorgefallen ist. Dass jemand sein Arbeitszimmer durchwühlt und mit ziemlicher Sicherheit den Computer gestohlen hat. Und dass ich ihm dabei in die Quere gekommen bin. Das sind für mich die einzigen echten Anhaltspunkte, dass wir es tatsächlich mit einer untersuchenswerten Angelegenheit zu tun haben. Alles andere entbehrt im Moment jeder Grundlage. Etwa dass Fritz Pomper keines natürlichen Todes gestorben sein könnte. Oder dass hinter den Kellerverkäufen wirklich ein Skandal aufzuspüren sei."
„Aber mal angenommen, der Einbruch in Pompers Haus ist deshalb passiert, weil Fritz vielleicht nicht nur dir eine solche Information geschickt hat. Dann könnte das Ganze ja doch irgendwie zusammenhängen."

„Könnte, du hast Recht. Aber für eine solche Verbindung haben wir überhaupt nichts Greifbares in der Hand."
„Was schlägst du also vor?"
Rieger nippte nochmals an einer Tasse Tee. Auf seinen geliebten Kaffee hatte er an diesem Morgen lieber verzichten wollen.
„Gute Frage! Ich würde meinen, wir sollten einerseits möglichst rasch herauszufinden versuchen, was wirklich da oben in Pompers Haus vorgefallen ist. Und das nicht nur, weil ich gerne wüsste, wer mir da eine außerordentlich Kräftige über die Rübe gezogen hat! Dann wissen wir vielleicht schon mehr, ob es sich überhaupt lohnt, noch weitere Nachforschungen anzustellen. Andrerseits spricht nichts dagegen, dass wir uns endlich einen dieser Kaufverträge genauer anschauen. Wir sollten endlich wissen, was da an Kleingedrucktem so draufsteht!"
Da ich in ganz ähnliche Richtungen gedacht hatte, ließ ich seine Vorschläge vorerst unkommentiert. Ich wollte Rieger nämlich noch auf etwas ganz anderes ansprechen:
„Du, Willi, ich habe noch eine Frage an dich. In diesem Zusammenhang muss ich aber sozusagen noch etwas beichten. Wir waren, oder genauer gesagt: Rudi war inzwischen auch in deinem Bad Tatzmannsdorfer Hotelzimmer und hat sich dort umgesehen!"
„Was? Wie seid ihr denn dort hineingekommen?" Rieger schien wirklich erstaunt.
„Ganz einfach, wir haben ja deine Keycard in deinem kleinen Köfferchen gefunden. Und alles Weitere war eigentlich ein Kinderspiel."
„Kompliment, hätte ich dir gar nicht zugetraut!" Rieger schien überhaupt nicht wütend, sondern schmunzelte mir anerkennend zu. „Ich muss ja mehr als froh sein, dass ihr mir hinterherspioniert habt. Sonst läge ich vielleicht immer noch als verschnürtes Paket oben in Pompers Haus!"
Ich war erleichtert, dass er uns die Neugier nicht krumm nahm, und

über alle Details und zwischendurch angestellte Verdächtigungen musste er ja schließlich nicht Bescheid wissen.
„Rudi Taschler hat in deinem Zimmer eine handschriftliche Notiz auf einem Blatt gefunden, auf dem sich Auszüge aus der Geschichte des Csaterbergs befanden. Ich habe zwar das Blatt noch nicht gesehen. Aber Rudi erzählte mir, dass du das Wort `Edelsteine´ draufgeschrieben hast. Kannst du mir sagen, was das zu bedeuten hat?"
Rieger schien ein wenig nachzudenken, machte dann aber eine wegwerfende Handbewegung. „Ach ja, ich erinnere mich! Aber das hat leider gar nicht viel zu bedeuten. Ich habe mir noch in Neulengbach aus dem Internet ein paar Informationen über den Csaterberg ausgedruckt und mitgenommen. Und dann las ich in Bad Tatzmannsdorf in eurem Bezirksblatt davon, dass ein riesiger Halbedelstein gestohlen worden sei. Das machte mich im ersten Augenblick ein wenig stutzig. Ich überlegte, ob das etwas mit den anderen Vorgängen zu tun haben könnte. Aber das ist ja wohl kaum der Fall, oder bist du anderer Meinung?"
„Du hast wahrscheinlich Recht!" Ich war ein wenig enttäuscht darüber, dass hinter `Rudis sensationeller Entdeckung´ nun doch nicht mehr steckte. Andrerseits rundete dies Riegers Zusammenfassung noch ein wenig mehr ab, wonach in Kohfidisch wohl doch nicht das ganz große Verbrechen passiert sei. Und natürlich war ich irgendwie froh darüber, auch wenn mir die beiden letzten Tage durchaus Vergnügen bereitet hatten.
„Also gut, dann versuchen wir noch rasch herauszufinden, was im Haus von Fritz vorgefallen ist. Ich rufe Rudi an und frage ihn, ob er gestern noch etwas herausbekommen hat!"
„Hast du Internetzugang im Haus?"
„Leider nicht, warum fragst du?"
„Dann fahre ich nach Bad Tatzmannsdorf und hole mir mein Notebook sowie ein paar Unterlagen. Wenn ich schon hier bin, kann ich ja vielleicht doch noch einiges für mein Buch recherchieren.

Das, was mir Pischta Schneider gestern über die Geschichte des Csaterbergs erzählt hat, klang reichlich interessant."
„Aber du fährst in deinem Zustand ja hoffentlich nicht selbst?"
„Hast du einen besseren Vorschlag?"
„Ich selber würde gerne mit Sepp Wölfer sprechen, dem Schwager von Fritz Pomper, und außerdem die Gemeinderatsprotokolle durchsehen sowie endlich meinen Kaufvertrag genauer unter die Lupe nehmen. Aber Rudi hat sicher Zeit für dich, ich werde ihn gleich fragen!"
Ich wählte Rudis Nummer. Es läutete nur zweimal, dann hob er bereits ab.
„Was willst denn du schon wieder?"
„Mit dem falschen Fuß aufgestanden, was? Guten Morgen, lieber Rudi!"
„Guter Morgen, dass ich nicht lache! Was soll daran gut sein? Der Kriegszustand bei mir zu Hause dauert trotz all meiner Versuche weiter an, und du sprichst von gutem Morgen! Scherzbold!"
„Na wenn ohnehin schon Kriegszustand bei dir herrscht, dann kannst du ja gleich einmal zum Rückzug blasen und bei mir vorbeischauen. Ich hätte einen neuen Auftrag für dich. Wie war´s übrigens gestern bei Sepp Wölfer?"
„Da sprichst du besser mit deiner allerliebsten Eva, die kann dir alles genau erzählen. Denn zu ihren Eltern bin ich ohnehin nicht vorgedrungen. Und was deinen neuen Auftrag betrifft, den kannst du dir in die Haare schmieren!"
Rudi legte auf. Rieger sah mich fragend an. „Was sagt Taschler?"
„Dass er in 15 Minuten da sein wird!"
Es dauerte tatsächlich keine zwanzig Minuten, dann tauchte Rudi Taschler in der Küche auf. Seine gute Laune hatte er allerdings unterwegs nicht wiedergefunden.
„Was soll ich tun? Welche Wohnung soll ich diesmal ausspionieren?"
Ich musste lachen, stand auf, klopfte Rudi auf die Schulter und

sagte: „Danke, dass du gekommen bist! Ich weiß es zu schätzen, dass man sich auf dich verlassen kann! Und dein diesmaliger Auftrag ist ein ganz einfacher. Willi Rieger möchte gerne ein paar Unterlagen aus seinem Tatzmannsdorfer Hotelzimmer holen. Es wäre aber besser, wenn er nicht selber fahren müsste."
„Und warum chauffiert ihn nicht der Herr Chefermittler höchstpersönlich? Hat wohl gerade Wichtigeres zu tun?"
„Ganz genau, ich möchte inzwischen ein paar Dinge erledigen. Schließlich sollten wir möglichst bald wissen, was in Pompers Haus passiert ist. Oder hast du schon etwas herausgefunden?"
„Ich weiß alles. In Pompers Haus hatte sich ein Sandler eingenistet. Und als er von Herrn Rieger in seiner trauten Einsamkeit gestört wurde, bekam dieser eine auf die Rübe. So einfach ist das!"
„Wie um Himmels willen kommst du denn auf so etwas?"
„Ich hatte eine Eingebung, was sonst!"

5

So gegen halb zehn kamen Taschler und Rieger beim Kur- und Thermenhotel in Bad Tatzmannsdorf an. Sie hatten sich unterwegs darauf geeinigt, sich ebenfalls zu duzen, auch wenn sie einander noch kaum kannten. Aber wie bei Steiner spürte Rieger auch bei dessen Freund, dass er es mit einem letztlich wohl wirklich klassen Burschen zu tun hatte, sofern sich dies von einem verheirateten Beinahe-Fünfziger noch so empfinden ließ.
Während der Fahrt hatte Rieger auch von Rudi Taschler nochmals einen knappen Überblick darüber bekommen, womit dieser und Steiner in den letzten etwa sechzig Stunden intensiv beschäftigt waren. Dabei kam nichts wirklich Neues zutage, außerdem schien Taschler gedanklich nicht hundertprozentig bei der Sache. So viel Rieger mitbekommen hatte, steckte wohl Taschlers derzeitige familiäre Misere hinter seiner geistigen Abwesenheit.

Auf dem Parkplatz vor dem Hotel bat Taschler, heraußen warten zu dürfen, er wolle sich ein bisschen die Beine vertreten. Rieger hatte nichts dagegen, eher im Gegenteil, so konnte er in aller Ruhe entscheiden, was er alles mitnehmen wollte. In der Hotelhalle würde Taschler schließlich auf ihn warten, falls es ihm draußen doch zu kalt wäre.

Schon auf dem Weg in sein Zimmer entschied sich Rieger, dazu, Kurt Schwarz anzurufen. Obwohl dieser sein Partner und auch ein wirklich guter Freund war, musste sich Rieger eingestehen, dass er in den seltensten Fällen eine Ahnung davon hatte, wo sich Kurt gerade aufhielt. Er pflegte ganz unvermittelt aufzutauchen und hatte dann meist wieder irgendwelche sensationellen Neuigkeiten mitgebracht, die er mit tollen Fotos und kurzen Skizzen und Notizen veranschaulichte. Allerdings war es andrerseits auch schon vorgekommen, dass Riegers Freund längere Zeit nicht auftauchte und dass Rieger dafür einen Anruf von Schwarz erhielt, durch den er ihn darüber informierte, dass er wohl noch für längere Zeit ausfallen werde. Rieger erinnerte sich an einen Spitalsaufenthalt seines Freundes in Italien, als Schwarz offensichtlich schlimm verprügelt worden war, nachdem er versucht hatte, sich unter falschem Namen und unter Vorspiegelung anderer falscher Tatsachen in das Labor eines Lebensmittelkonzerns einzuschmuggeln. Ein anderes Mal war Kurt von einem Wachhund ins Bein gebissen worden, als er sich nachts auf einem Firmengelände in Oberösterreich umsehen wollte und dabei zu spät die nahende Gefahr erkannte. Nur mit Mühe hatte er vor der Bestie über eine Mauer fliehen können, nicht aber, ohne ein entsprechendes Andenken mitzunehmen, das ihm für einige Wochen ganz schön zu schaffen machte. Und in Südamerika saß Schwarz sogar einmal für mehrere Tage im Gefängnis, wobei das Ganze noch viel schlimmer hätte kommen können, aber der dortige Bischof, der zufällig aus Vorarlberg stammte und von der Geschichte Wind bekommen hatte, weil Schwarz erst wenige Tage davor auch bei ihm gewesen war, konnte Ärgeres verhindern

und Riegers Freund wieder freibekommen.
Schwarz hatte sein Handy eingeschaltet, hob aber nicht ab. Rieger hinterließ eine kurze Nachricht auf der Mobilbox und bat um Rückruf, falls dies möglich sei. Er hatte kaum aufgelegt, als sein Handy läutete und Schwarz dran war.
„Hallo, Willi, was gibt´s? Wie kann ich dir helfen?"
„Wie geht´s dir, Kurt? Wo bist du im Moment überhaupt?"
Schwarz war kein Mensch, der Umwege liebte. Bei ihm musste immer alles schnell gehen.
„Ich bin gerade in Kitzbühel. Aber deshalb hast du mich sicher nicht angerufen. Also schieß schon los!"
„Ich dachte, das Hahnenkammwochenende sei schon vorbei ..."
„Ist es auch, aber du wirst staunen, was ich noch alles gefunden habe! In den nächsten Tagen wäre ich sowieso bei dir in Bad Tatzmannsdorf vorbeikommen. Jetzt weiß ich allerdings noch immer nicht, weswegen du angerufen hast!"
Rieger erzählte ihm in aller Kürze von der Csaterberg-Geschichte.
„Na ja, sehr viel scheint ja hinter dieser Sache wirklich nicht zu stecken. Die üblichen kleineren Tricks eben, und dass Lokalpolitiker bei Immobilientransaktionen und -spekulationen ein wenig mitnaschen wollen, ist ja auch nichts Neues. Da haben wir ja schon weit spektakulärere Beispiele, die wir in unser Buch einbauen können. Warum erzählst du mir also davon?"
„Hältst du es für wahrscheinlich, dass tatsächlich ausländische Investoren dahinterstecken? Sind das nicht meistens irgendwelche Phantome, um die eigentlichen Interessen zu verbergen?"
„Du hast Recht, meist ist das so. Aber natürlich könnten tatsächlich ausländische Geschäftemacher ihre Fühler ausgestreckt haben. Um welche Summe geht es eigentlich?"
„Circa hundert Weingärten und Kellerstöckel wurden verkauft. Ich habe keine Ahnung, was die im Einzelnen genau gekostet haben. Aber im Schnitt wird es sich bei den hiesigen Grundstückspreisen wohl um etwa 30.000 Euro pro Objekt handeln, also in Summe um

etwa drei Millionen Euro oder sogar noch etwas mehr."
„Na ja, gar nicht so wenig! Gefühlsmäßig würde ich meinen, dass so etwas für kleine Lokalpolitiker schon um eine Nummer zu groß scheint. Und aus sanftem Tourismus ist auf die Schnelle ja auch nicht so viel zu holen, dass sich so etwas sehr rasch rechnet. Da steckt, denke ich, mehr dahinter!"
„Red nur weiter, es ist schön und beruhigend, die eigenen Überlegungen in etwas anderer Form noch von jemandem anderen bestätigt zu bekommen!"
„Das war´s aber schon, für weitere Schlussfolgerungen weiß ich zu wenig von der ganzen Sache. Aber wenn wirklich die Orts- und die Landespolitik in das Ganze verwickelt sind und dabei ein Geschäft machen wollen, dann sicher nicht mit sanftem Tourismus allein. Davon bin ich irgendwie felsenfest überzeugt!"
„Womit dann?"
„Keine Ahnung! Was weiß ich, wie gesagt, da müsste ich ein wenig recherchieren. Mir fällt aber wieder einmal der berühmte Schatz im Acker aus der Bibel ein. Erinnerst du dich noch, als uns dein Vergleich mit diesem Text in einer anderen Sache den entscheidenden Durchbruch ermöglichte?"
„Meinst du diese Grundstücksverkäufe in Tirol? Diesen Bürgermeister, der eine ganze Reihe von Äckern kaufte, um davon abzulenken, dass er einen ganz bestimmten auch wollte?"
„Ganz genau, Willi! Denn von dem wusste er, dass er demnächst sündteuer zu verkaufen war. Genau dort und nur dort sollte die Talstation der neuen Liftanlage errichtet werden. Und mit einem Schlag hatte er nicht nur das investierte Geld wieder herinnen, sondern so ganz nebenbei auch noch zwanzig neue Baugründe, die sich in weiterer Folge ebenfalls wieder gut weiterverkaufen ließen. Manchmal profitieren Gemeindepolitiker eben doch davon, dass sie schon Wochen und Monate im Voraus von Projekten wissen, von denen Otto Normalverbraucher noch nicht den geringsten Schimmer hat! Und könnte es bei der Csaterberg-Geschichte nicht

ähnlich gelaufen sein? Vielleicht verbirgt sich auch dabei irgendwo ein Schatz im Acker!"
„Die Edelsteine!" Rieger hatte die zwei Worte geradezu ins Handy geschrien.
„Was meinst du damit?"
„Keine Ahnung, ob ich damit richtig liegen könnte. Aber mir ist nur soeben eingefallen, dass vor kurzem ein riesiger Halbedelstein am Csaterberg gestohlen worden ist. Vielleicht gibt´s ja noch mehr davon und noch wertvollere!"
Kurt Schwarz lachte hörbar auf. „Na so wörtlich habe ich das mit dem Schatz auch wieder nicht gemeint. Aber wie du glaubst, du bist näher dran an der Sache. Und falls du meine Dienste in Anspruch nehmen möchtest, zum Wochenende könnte ich im Burgenland sein!"
„Warten wir mal ab, ich meld mich wieder. Aber eins noch, du kennst dich in solchen Sachen einfach besser aus als ich. Hältst du es für möglich, dass die Burgenländische Landesregierung eigens für ein Landschaftsschutzgebiet wie den Csaterberg neue und strengere Bauvorschriften beschlossen hat?"
„Auf jeden Fall! Nicht selten ist es sogar so, dass es innerhalb eines Gebiets verschiedene Bebauungszonen mit unterschiedlich strengen Bauauflagen gibt. Verschärfte Vorschriften sind also in jedem Fall denkbar. Aber sieh sie dir einfach an! Meist findet sich so etwas auch im Internet auf offiziellen Homepages!"
„Danke für den Hinweis und bis bald!"

6

Nachdem Rieger ins Hotel gegangen war, überlegte Rudi Taschler einen Augenblick, was er inzwischen tun könnte. Bad Tatzmannsdorf im prächtigen Winterkleid präsentierte sich aber derart einladend, dass seine Füße sich bereits entschieden hatten,

bevor ihm so richtig klar wurde, dass er einfach ein bisschen spazieren gehen müsse. Er schlug, ohne viel nachzudenken, den Weg hinunter zum Thermen- und Vitalhotel ein und entschloss sich dazu, dort nach Roland Stubits zu fragen. Vielleicht hatte er ja Glück und er konnte ein bisschen von dem nachholen, was gestern zeitlich nicht möglich gewesen war. Roland würde sich freuen, vorausgesetzt, dass er Zeit für ein Gespräch hatte. Aber an einem Montagvormittag würde ja wohl nicht so viel los sein.
An der Rezeption des Vier-Stern-Hotels erfuhr er aber, dass Stubits erst wieder am Mittwoch Dienst hatte. Also verließ Taschler das modern und luxuriös anmutende Hotel wieder und ging zurück zum Kur- und Thermenhotel. Schließlich wusste er ja nicht, wie lange Rieger brauchen würde. Und die Handynummern hatten sie blöderweise nicht ausgetauscht. Andrerseits war ja für den Fall des Falles auch noch Steiner da, der quasi als Verbindungsstelle dienen konnte. Und außerdem wusste Rudi ja nur zu gut, wo sich Riegers Zimmer befand – für den Fall, dass dieser wirklich allzu lange ausbleiben sollte. Denn zum Mittagessen wäre Taschler heute schon gerne zu Hause gewesen, man musste ja nicht unbedingt noch weiteres Öl ins Ehekrisenfeuer gießen.
Taschler sah sich die Hotelanlage noch ein wenig von außen an. Obwohl nur wenige Kilometer von seinem Heimatort entfernt, gehörten die Bad Tatzmannsdorfer Hotels und Restaurants nicht zu den Lokalitäten, wo er verkehrte. Er hatte mit seinem Bautrupp eine Zeit lang an der Errichtung des Thermen- und Vitalhotels mitgewirkt, war aber damals im Sommer vor wenigen Jahren vom Firmenchef relativ bald wieder abkommandiert worden, um die Bauleitung bei der Errichtung einer Reihenhausanlage in Oberwart zu übernehmen. Im selben Jahr hatten alle Firmenmitarbeiter der Baufirma, bei der er beschäftigt war, von ihrem Chef zu Weihnachten einen Gutschein erhalten, der ihn und seine Frau ermächtigt hätte, ein mehrgängiges Abendmenü im neuen Hotel zu genießen. Bis heute hatten sie aber diesen Gutschein nicht eingelöst, wahr-

scheinlich war er auch längst nicht mehr gültig. Irgendwie hatte er sich bei dem Gedanken, in einem derart feinen Restaurant zu essen und womöglich nicht einmal zu wissen, was man mit dem vielen Essbesteck anfangen sollte, nie wohl gefühlt.
Schließlich nahm er in der weitläufigen Hotelhalle in einem der gemütlichen Fauteuils Platz und sah dem geschäftigen Treiben ein wenig zu. Wenig später läutete sein Handy. Es war Steiner.
„Wo seid ihr gerade?"
„Dort, wo du mich hingeschickt hast! Und hoffentlich hast du an diesem Wochenende viel Geld verdient. Denn meinen Scheidungsanwalt wirst gefälligst du bezahlen!"
„Jetzt hör doch auf damit! Gabi ist froh, dass sie dich hat. Das wird schon wieder! Also wie weit seid ihr?"
„Ich sitze in der Hotelhalle, und Rieger ist in seinem Zimmer. Keine Ahnung, wie lange er noch braucht! Ruf ihn doch selber an! Du hast ja inzwischen seine Nummer!"
„Gute Idee, mach ich dann gleich! Aber ich dachte, es interessiert dich, was ich inzwischen herausgefunden habe!"
„Nicht die Bohne ... also erzähl schon!"
„Mit Sepp Wölfer konnte ich noch nicht reden, der hat heute Vormittag einen Arzttermin in Oberwart. Aber mit seiner Frau Elfi war ich oben im Haus von Fritz. Und Eva hat sich das Ganze auch angesehen!"
„Na und?"
„Sie waren entsetzt, wie es da ausgesehen hat! Das ganze Haus ist durchwühlt worden, nicht nur Pompers ehemaliges Arbeitszimmer. Elfi sagte mir, dass dies wohl erst in den letzten Tagen passiert sein könne. Das letzte Mal habe sie am vergangenen Dienstag nach dem Rechten gesehen. Und da sei alles noch in Ordnung gewesen!"
„Wurde was gestohlen?"
„So weit die beiden das vorerst beurteilen können, wohl kaum. Wertgegenstände befanden sich auch nicht mehr im Haus, nicht

einmal eine Uhr. Und den Computer samt Bildschirm hat ja Elfis Enkel Lukas."
„Das weiß ich auch. Also wenn du mir nicht mehr sagen kannst, dann tschüss!"
„Na na na, nur nicht so schnell! Ich hab schon noch etwas für dich, das dich aus den Socken hauen wird! Du hattest wahrscheinlich Recht!"
„Wie meinst du das?"
„Elfi Wölfer ist in der ganzen Unordnung doch etwas aufgefallen. Mit ziemlicher Sicherheit ist das Bett von Fritz in den letzten Tagen benutzt worden!"
„Was?"
„Ich wusste zwar nicht, dass du unter Eingebungen leidest, aber das mit deinem Sandler ist durchaus möglich!"

7

Von Fritz Pompers Haus kehrte ich in mein Lokal zurück. Eva hatte mir versprochen, im Laufe des Nachmittags vorbeizukommen und aufzusperren; falls nichts los sein sollte, wollte sie gegen zwanzig Uhr ohnehin wieder dicht machen. Und Elfi Wölfer würde inzwischen die Polizei verständigen; auch wenn offensichtlich nichts oder nichts Wesentliches gestohlen worden war, ein Unbekannter hatte es sich im fremden Bett gemütlich gemacht, die Eingangstür beschädigt und so nebenbei für eine ordentliche Unordnung gesorgt. Nicht zu vergessen natürlich Riegers Kopf, auf dem er ebenfalls seine Spuren hinterließ.
Wenn es dem Unbekannten aber nur um ein warmes Nachtlager und eventuell etwas zum Essen ging – dass es sich um einen Mann handelte, war für mich so gut wie sicher! –, dann war inzwischen aber quasi unsere letzte Luftblase geplatzt, mit der die Theorie von einer möglichen Skandalgeschichte aufrechterhalten hätte werden

können. Kein ermordeter Vizebürgermeister, kein gestohlener Computer mit entsprechendem hochbrisantem Material, kein entführter oder gar gemeuchelter Journalist, keinerlei verbrecherische Machenschaften! Warum hatte ich Eva überhaupt gebeten, an meiner Stelle im Lokal zu sein? Ich hätte mich ruhig wieder voll und ganz meiner Wirtstätigkeit widmen können. Rieger würde ein wenig später mit Rudi vorbeikommen und im Internet bzw. vor Ort noch ein wenig für sein Buch recherchieren, aber das war´s dann ja wohl!

Irgendetwas in mir wollte sich aber damit immer noch nicht zufrieden geben. Vielleicht hätten mich die Faschingsnarren auf andere Gedanken gebracht, vielleicht wäre ich sogar in der optimalen Stimmung dazu gewesen, mich von diesen in Beschlag nehmen zu lassen – aber es war weit und breit nichts von ihnen zu sehen. Sollte dieser Hofer wirklich? Irgendwie wäre es schon sehr befriedigend gewesen, diesem Möchtegern-Ortskaiser eins auszuwischen. Vielleicht war ja doch noch nicht aller Tage Abend.

Als ich zu Hause ankam, nahm ich meine Dokumentenmappen zur Hand. Immer wieder hatte ich mir vorgenommen, in dem furchtbaren Papierdurcheinander für Ordnung zu sorgen, damit im Ernstfall auch etwas zu finden sein würde. Doch leider, es war nie so weit gekommen. Also kramte ich zwischen alten Zeugnissen und Urkunden alle möglichen Versicherungspolizzen und dergleichen hervor, sogar der Notariatsakt tauchte auf, mit dem mir meine Eltern alle Besitzungen schon zu Lebzeiten überschrieben hatten, bloß das, was ich suchte, fand sich nicht, nämlich der Kaufvertrag, den ich bezüglich meiner Csaterbergbesitzungen unterschrieben hatte. Also blieb mir nichts anderes übrig als zu überlegen, wer von den Verkäufern jetzt leicht zu erreichen war und wer im Umgang mit seinen Dokumenten ein wenig sorgfältiger als ich sein könnte. Zuerst fiel mir Pischta Schneider ein, aber der würde wohl nicht zu Hause sein, sondern am Csaterberg, und dort gab es kein Telefon. Handy besaß er ganz sicher nicht, jedenfalls konnte ich mir das nicht vorstellen. Und da er alleine lebte, war auch bei ihm zu Hause niemand zu erreichen. Trotzdem suchte ich mir seine Festnetznummer heraus und wählte die entsprechende Zahlenkombination. Tatsächlich hob Pischta ab.

„Günther Steiner hier, hallo Pischta, darf ich dich kurz stören!“

„Aber freilich, Günther, was gibt´s denn? Ist übrigens der Gast aus Niederösterreich schon wieder aufgetaucht?“

„Ja, Pischta! Ich erzähl dir gleich mehr. In fünf Minuten bin ich bei dir!“

Es waren wohl nicht mehr als zwei-dreihundert Meter bis zu dem alten Bauernhaus, in dem Pischta Schneider lebte. Oder sollte ich besser sagen: hauste, denn in Haus und Hof sah es schlimm aus. Stefan Schneiders Lebensmittelpunkt war eindeutig der kleine Keller am Berg, dem widmete er viel mehr Zeit und Sorgfalt. Aber was würde in wenigen Monaten sein, wenn ihm der Zutritt verwehrt würde, weil ihm dieser nicht mehr gehörte?

„Komm nur herein, Günther! Es sieht nicht sehr einladend aus bei mir, ich weiß, aber es ist gut geheizt! Was man ja nicht gerade von allen Wohnungen behaupten kann, in denen so alte Tattergreise wie ich hausen!“

Pischta schien wieder einmal meine Gedanken erraten zu haben. Ich nahm also am Tisch in der kleinen Stube Platz und erzählte ihm, was ich gerne von ihm wollte, und während er nach dem Vertrag suchte, was inzwischen mit Rieger passiert war. Noch ehe ich das Ende meines Berichts erreicht hatte, legte er den Kaufvertrag vor mich auf den Tisch hin.

„Ich fürchte nur, du wirst nicht finden, was du offensichtlich suchst!“

Ein wenig erstaunt musste ich wohl dreingesehen haben, denn Pischta erklärte gleich, was er damit meinte. „Fritz hat ja lautstark hinausposaunt, man müsse auch das Kleingedruckte in den Verträgen lesen. Aber da gibt´s nichts Kleingedrucktes. Und auch sonst habe ich nichts gefunden, was stutzig machen müsste. Ich bin zwar

schon ziemlich alt und auch ein wenig gebrechlich, aber nicht blöd. Natürlich habe ich den Vertrag meinem Neffen Walter gezeigt. Du weißt ja, dass er Notar in Jennersdorf ist. Und ihm habe ich den Vertrag selbstverständlich vorgelegt, bevor ich unterschrieb."
„Und?"
„Alles okay! Und Walter hat was drauf, das weiß ich!"
Ich zweifelte nicht daran, schließlich kannte ich Walter selber gut. Trotzdem las ich mir den Vertrag Punkt für Punkt durch. Am Schluss war ich überzeugt, dass ich seinerzeit vor ein paar Monaten exakt das gleiche Schriftstück unterschrieben hatte.
Auf dem Heimweg verstärkten sich die Gefühle, die schon bei der Rückkehr aus Pompers Haus übermächtig zu werden drohten. Da war nichts, also wozu weitermachen? Trotzdem drängte der Gedanke in mein Bewusstsein, dass ich mir sicherheitshalber noch die Gemeinderatsprotokolle der damaligen Sitzungen mit den entsprechenden Unterlagen ansehen sollte.
Wenige Meter vor dem Gasthaus machte ich kehrt und ging in Richtung Gemeindehaus. Walter Fichtinger würde jetzt am Vormittag sicher da sein, und ein Einblick in die Unterlagen stand mir zu.
Ich war schon fast an meinem Ziel angelangt und wollte gerade das Gemeindeamt betreten, als aus der benachbarten Post Georg Horvath herauskam. Georg war in meinem Alter, vielleicht um ein Jahr jünger, und in Großpetersdorf verheiratet. Von seinen Eltern hatte er ein Kellerstöckl am Csaterberg geerbt und zu einem wahren Schmuckstück umgebaut. Er war meines Wissens auch einer der Gründer des erst vor wenigen Jahren ins Leben gerufenen Vereins der „Freunde des Csaterbergs" und demzufolge einer von denen gewesen, die keinesfalls verkaufen wollten, als die Angebote vorgelegt wurden. Warum er dann doch auch umgefallen war, wusste ich eigentlich nicht.
„Hallo, Georg, wie geht´s!"
„Danke der Nachfrage! Und dir, Günther?"

„Wie sagt man so schön: Wie´s die anderen wollen bzw. zulassen! Aber Floskeln beiseite: Hast du ein wenig Zeit für mich?"
Bereits nach ein paar Sätzen öffnete Georg die Beifahrertür für mich, und wir fuhren gemeinsam nach Großpetersdorf. Unterwegs erzählte ich ihm noch ein bisschen mehr, und instinktiv spürte ich, unter welche Spannung ich mein Gegenüber versetzte.
Bis wir in seinem Haus am Großpetersdorfer Ortsrand ankamen, sagte Georg kein Wort mehr. Nur mit einer Geste bot er mir im geräumigen Wohnzimmer Platz an, dann verschwand er für eine Weile im Nebenzimmer und kam mit einigen Unterlagen zurück.
„Hier, mein Vertrag, den ich damals unterschrieben habe. Und das ist das Bündel an Vorschriften, die im Vorjahr neu verordnet worden sind."
Ich nahm das Papierpaket wortlos in die Hand und sah ihn fragend an. „Und?"
„Es ist wirklich wert, dass du dir beides genau ansiehst. Lass dir ruhig Zeit, ich habe heute einen Urlaubstag. Meine Frau arbeitet in der Buchhandlung, und unsere drei Kinder sind in der Schule! Es stört uns also auch sicher niemand!"
Ich blickte auf den Vertrag, wusste aber nicht so recht, wonach ich suchen sollte. Dann stach mir doch auf Seite zwei gleich etwas ins Auge. Unten befand sich eine klein gedruckte Fußnote, die sich auf den Paragraphen 4b bezog. Ich war mir sicher, dass es diese auf Schneiders Vertrag nicht gegeben hatte.
„Was hat diese Fußnote zu bedeuten? Ich glaube, mein Vertrag enthielt diese nicht!"
„Ganz einfach. Durch den Punkt 4b ist allen Verkäufern das Recht zugesichert, die Weinkeller in den Kellerstöckeln weiterhin zu benützen und die Weingärten zu bearbeiten. Und durch diese Fußnote wird diese Zusage zeitlich eingegrenzt. Wenn der neue Besitzer neuerlich verkauft, verliert der frühere Besitzer sein Nutzungsrecht!"
„Ich verstehe nur Bahnhof!"

„Ist doch ganz einfach: Das einstweilige Nutzungsrecht, das uns zugebilligt wurde, ist das Papier nicht wert, auf dem es steht!"
Mir war wirklich nicht ganz klar, was ich davon halten sollte. „Aber warum findet sich dieser Punkt 4b samt Zusatzklausel nicht in allen Verträgen? Und warum hast du dennoch unterschrieben, wenn dich das so aufregt?" Ich wusste, dass Georg ein intelligenter Bursch war und auf der Bezirkshauptmannschaft in Oberwart arbeitete, wenn ich mich auch nicht mehr daran erinnerte, welches Ressort er dort innehatte.
„Gute Frage! Ich weiß selber nicht, wie ich so blöd sein konnte! Und dabei dachte ich, ohnehin alles richtig gemacht zu haben. Das mit dieser Vertragsklausel ist ja nicht das Einzige, was mich jetzt noch in Rage bringt. Im Gegenteil, deren Problematik wurde mir ja überhaupt erst nach und nach bewusst. Noch viel mehr ärgern mich die geänderten Bauvorschriften, die da vor dir liegen!"
„Aber was hättest du dagegen tun können? Wurden diese nicht ordnungsgemäß von der Landesregierung beschlossen?" Ich dachte kurz an das, was mir Rudi Taschler vorgestern Abend erzählt und welchen Verdacht Fritz Pomper offensichtlich gehabt hatte.
„Das schon! So, wie sie da vor dir liegen, sind sie von der Landesregierung beschlossen worden. Ich habe mir das Verordnungsblatt besorgt – leider zu spät!"
„Kannst du mir das so erklären, dass ich es auch verstehe!? Ich weiß nämlich nicht, worauf du hinaus willst!"
„Ganz einfach, Günther! Mit dieser Novellierung der Bauordnung für den Csaterberg gibt es dort jetzt fünf verschiedene Bebauungszonen. Und je nachdem, wo sich ein Objekt befindet, müssen unterschiedlich strenge Bauvorschriften eingehalten werden. Zum Beispiel im Gebiet um die Berghäuser bestehen ganz normale Bauvorschriften, weil sich ja dort schon einige Einfamilienhäuser befinden. Wenn du in diesem Bereich etwas bauen oder auch nur zubauen bzw. ändern willst, brauchst du nicht einmal die Genehmigung vom Land, da bleibt die zuständige Baubehörde die Gemeinde.

Ganz anders aber heroben bei uns in der Kellergasse, das ist Zone fünf, sozusagen der historische und damit der besonders heiße Bereich; hier gibt es die strengsten Vorschriften. Eben die, von denen öffentlich so viel die Rede war. Und dass man teilweise Unmengen in die Keller hätte hineinstecken müssen, um diesen Auflagen zu entsprechen."

„Hätte, sagst du? Ist es denn in Wirklichkeit nicht so?"

„Diese extrem strengen Vorschriften haben sicher ihre Berechtigung, obwohl mir manches schon ein wenig überzogen vorkommt. Der Clou an der Sache ist aber, dass sie nur dann von Belang sind, wenn jemand neu bauen oder etwas umbauen will – nicht aber für bestehende Objekte. Mein Umbau war zum Beispiel schon abgeschlossen. Die überrankte Pergola entspricht nicht den neuen Vorschriften, denen zufolge ich dort keine Holz-, sondern eine Betonkonstruktion hätte verwenden müssen. Das verstehe, wer will, ich nicht. Macht aber auch nichts. Obwohl sie den neuen Vorschriften nicht entspricht, sie hätte stehen bleiben können. Weil sie eben schon stand. Schwierigkeiten wären erst aufgetaucht, wenn ich wieder einmal etwas hätte verändern wollen. Verstehst du?"

„Ehrlich gesagt, weiß ich immer noch nicht, worauf du hinauswillst!"

„Ich habe mich schließlich zum Verkauf überreden lassen, weil man mir einerseits mit diesen neuen Vorschriften Angst machte. Andrerseits wurde mir das Nutzungsrecht auch über den Verkaufstag hinaus in Aussicht gestellt. War´s bei dir nicht auch so?"

„Na ja, nicht ganz. Mir lag ja nicht viel an den Besitzungen, nur wollte bisher keiner meinen Keller und die Weingärten haben. Zumindest nicht zu einem auch für mich vernünftigen Preis. Also so ganz ungelegen kam mir das Angebot nicht, auch wenn ich mir seither ehrlich gesagt doch einige Sorgen um unseren geliebten Berg mache!"

„Verstehe. Bei mir war das doch ganz anders, ich wollte keinesfalls hergeben. Aber dann haben mir die beiden netten Herren aus Eisenstadt vorgerechnet, was ein neuerlicher Umbau kosten würde.

Und ich hatte ja eben erst einiges in die erfolgte Adaptierung investiert!"
„Aber vorhin sagtest du doch, die neuen Vorschriften hätten für dich ja gar nicht gegolten. Oder habe ich das falsch verstanden?"
„Nein, nein, du hast das schon richtig aufgeschnappt. Aber das ist ja gerade der Punkt, der mich so ärgert: Jetzt, nach genauem Studium des Verordnungstextes, weiß ich, dass ich nichts hätte ändern müssen."
„Und zum Zeitpunkt des Verkaufs war dir das nicht klar?"
„Leider nicht! Und ich war nicht nur zu blöd, um richtig zu entscheiden, ich habe auch keinerlei Möglichkeiten, um irgendjemandem die Schuld an meiner falschen Entscheidung zu geben. Die beiden Herren, die damals im Namen der Landesregierung und mit entsprechenden Ausweisen vor Ort waren, um die Transaktionen für den ausländischen Investor einzufädeln, haben mir das Verordnungsblatt gezeigt. Ich las die entsprechenden Passagen genau durch. Aber scheinbar nicht genau genug. Natürlich hatte ich nachträglich das Gefühl, dass meine falsche Interpretation des Geschriebenen von ihnen bewusst herbeigeredet wurde. Aber erstens kann ich´s nicht beweisen, und zweitens hätte ich eben genauer lesen müssen!"
„Und wenn sie ein entsprechend manipuliertes Verordnungsblatt mithatten, sodass genaues Lesen gar nichts gebracht hätte?" Ging meine Phantasie langsam wieder mit mir durch?
„Eine Zeit lang dachte ich auch an so etwas. Aber inzwischen glaube ich eher, dass die beiden das einfach ganz geschickt gemacht haben. Außerdem war ich ja ohnehin vorsichtig genug, um mich in Eisenstadt rückzuversichern. Im Büro des zuständigen Landesrats wurden mir aber auch nochmals die entsprechenden Passagen gezeigt."
Bei mir schrillten mit einemmal alle Alarmglocken. „Georg, hast du irgendwann mit Fritz Pomper, unserem verstorbenen Ex-Vizebürgermeister, darüber gesprochen?"

„Ja, tatsächlich! Ich muss sagen, Fritz war ansonsten nicht unbedingt mein Fall. Aber in meiner Verzweiflung und als ich hörte, dass er sich in der Gemeinde gegen das Csaterbergprojekt stark mache, habe ich mich mit ihm getroffen und ihm von meinen Bedenken erzählt. Und zwar in der Hoffnung, man könnte das Ganze vielleicht doch noch politisch aushebeln!"
„Das war also bereits, nachdem du unterschrieben hattest?"
„Ja, ich hatte unterschrieben. Aber einige andere zierten sich noch. Das muss irgendwann im Spätsommer gewesen sein. Allerdings konnte Fritz ja auch nichts mehr ändern, eher im Gegenteil. Manches beschleunigte sich dann sogar, hatte ich den Eindruck, weil alle auf der politischen Gegenseite plötzlich umso positiver auf das Projekt blickten, je mehr sich dieser verrückte Einzelkämpfer dagegen stark machte."
„Du hast wohl leider Recht. Wir anderen auf der Bürgerliste haben ja Fritz auch nicht unbedingt Beachtung geschenkt. Aber vielleicht lag er in diesem Fall doch richtig."
„Glaubst du?"
„Bevor ich dich zufällig auf dem Parkplatz vor der Post getroffen habe, war ich mir ziemlich sicher, dass unser kleiner Kriminalfall sich wohl ganz rasch in Luft aufgelöst haben werde. Nach dem, was du mir soeben erzählt hast, sieht die Sache schon wieder anders aus. Möglicherweise wollen sich doch ein paar von unseren Politikern ein Zubrot verdienen, und das noch dazu mit unlauteren Mitteln. Würde doch für einen Skandal reichen, wenn man die Details beweisen und offen legen könnte, oder?"
Georg Horvath sah ziemlich skeptisch drein. „Aber welche Beweise gibt es?"
„Na ja, dick gesät sind diese vorerst tatsächlich nicht. Aber vielleicht finden sich ja noch welche, Fritz Pomper hatte sie möglicherweise bereits, und wir müssen sie nur noch aufspüren. Übrigens habe ich dir eines ja noch gar nicht gesagt, was vielleicht von nicht zu unterschätzender Bedeutung ist!"

„Und das wäre?"
„Von jenem Landesrat, in dessen Büro man dir, möglicherweise sogar bewusst, eine Falschinformation gegeben hat, führt eine direkte Spur zu uns in die Gemeinde. Und zwar eine verwandtschaftliche Spur!"
„Wie meinst du das?"
„Unser künftiger Bürgermeister Roman Hofer ist seit neuestem mit der Familie des Landesrats verschwägert!"

8

Es war schon fast elf Uhr, als sich Taschler und Rieger in Bad Tatzmannsdorf wieder ins Auto setzten, um nach Kohfidisch zurückzufahren. Rieger hatte diesmal, unterbrochen von zwei Übelkeitsanfällen, eine seiner großen Reisetaschen voll gepackt, allerdings erneut weniger mit Gewand zum Wechseln als mit Unterlagen sowie seinem Notebook samt Zubehör.
Während Rudi den Wagen eher gemächlich aus dem verschneiten Bad Tatzmannsdorf hinaussteuerte, ging Willi Rieger nochmals das durch den Kopf, was sein Freund Kurt am Telefon gesagt hatte. Gab es ihn wirklich, diesen Schatz im Acker?
„Rudi, sag mal, hältst du es für möglich, dass sich auf einem der verkauften Grundstücke etwas äußerst Wertvolles befindet?"
„Was sollte das sein?"
„Keine Ahnung, vielleicht wirklich Edelsteine?"
„Wie kommst du jetzt darauf?"
„Ein Freund von mir hat eben am Telefon die Theorie geboren, hinter der Immobilientransaktion könnte sich möglicherweise etwas ganz anderes verbergen!"
„Sprichst du bitte Deutsch mit mir!"
„Er meinte damit wohl, das Ganze sei möglicherweise nur ein Ablenkungsmanöver. Die Öffentlichkeit glaubt, es gehe um die

Instandsetzung eines historischen Kellerviertels und um die Belebung des sanften Tourismus. In Wahrheit haben die Käufer aber etwas ganz anderes im Auge."
„Das ist mir ehrlich gesagt zu hoch. Warum sollte jemand hundert Keller kaufen, wenn er es eigentlich auf etwas anderes abgesehen hat? Welche Logik sollte dahinterstecken?"
„Da gibt´s mehrere Möglichkeiten. Die wahrscheinlichste wäre aber vermutlich die, dass man dieses eine bestimmte Grundstück eben nur im Paket bekommt. Außerdem könnte man den möglichen wahren Wert leichter verschleiern, wenn man nicht gleich auf das Wunschobjekt alleine losgeht. Das alles aber immer nur unter der Voraussetzung, dass am Csaterberg etwas ist, das diesen Aufwand rechtfertigt."
„Ich habe jedenfalls noch nichts davon gehört, dass es eine geheime Diamantenmine dort draußen gibt."
„Vielleicht ist es auch etwas ganz anderes. Es muss ja noch einigermaßen unbekannt sein, sonst wäre der Verdacht ja wohl sofort aufgekeimt."
Taschler dachte nach. Rieger bemerkte, dass seinem Chauffeur ganz offensichtlich etwas durch den Kopf ging.
„Was ist? Woran denkst du gerade?"
„Ich weiß auch nicht, wie ich jetzt darauf komme. Aber mir fällt gerade ein, was ich bei der vorjährigen Weinsegnung zu Martini selber erstmals gehört habe. Da erzählte der neue Obmann des Weinbauvereins davon, dass der Kleincsater und der Hochcsater, also sozusagen die beiden Hälften des Csaterbergs, früher einmal zwei völlig unterschiedlichen Herrschaften gehört hätten. Und zwar soll es am Hochcsater einst ein Kloster gegeben haben, oder zumindest so ähnlich, glaube ich, und auf dem Kleincsater eine Burg."
„Ja richtig, so etwas in der Art habe ich auch schon gelesen, ich erinnere mich jetzt! Super, Rudi, danke für den Hinweis! Das muss ich mir jedenfalls gleich genauer anschauen, wenn wir im Gasthaus zum Weinberg angekommen sind!"

9

Taschler ließ Rieger vor dem Gasthaus zum Weinberg aussteigen und fuhr dann gleich weiter. Er versprach allerdings, so schnell wie möglich wieder zurück zu sein. Und diesmal meinte er das ernst, denn inzwischen war auch er neugierig, wie das Ganze weitergehen würde. Außerdem konnte man an einem solchen Wintertag ja ohnehin nichts anderes machen. Zunächst musste er aber versuchen, zu Hause wieder einen Waffenstillstand zu erreichen.

Seine Frau Gabi und seine Tochter Nicole hantierten noch in der Küche herum, und der Tisch war auch noch nicht gedeckt. Zumindest eine neuerliche Verfehlung wegen Zu-spät-zum-Mittagessen-Erscheinens hatte er sich also nicht zuschulden kommen lassen. Er grüßte die beiden, nahm wieder die kleinformatige Tageszeitung zur Hand, die sie wie die meisten im Dorf vor einigen Jahren im Rahmen einer günstigen Aktion abonniert hatten, und begann sie durchzublättern. Seine Gedanken aber waren ganz wo anders.

Rudi stellte sich schon wieder darauf ein, dass er mit allen möglichen peinlichen Versuchen das vorhandene Eis würde brechen müssen, und mit der Zeit würde ihm das ja wohl auch gelingen. Aber war es wirklich so schlimm, wenn er hin und wieder später heimkam? Seine Frau kannte ihn ja inzwischen hoffentlich gut genug und wusste, wo er sich herumtrieb. Oder glaubte sie gar, dass bei solchen Aktionen andere Frauen mit im Spiel waren? Man wusste ja nie, was sich ein vorübergehend allein gelassenes Frauenhirn so alles ausdachte!

Während er über mögliche Pläne für entkrampfende Gespräche nachdachte, verließ seine Frau wortlos die Küche und kam nach wenigen Augenblicken aus dem Schlafzimmer wieder zurück. Sie legte einige Papiere vor Rudi auf den Tisch, ohne ihn so richtig eines Blickes zu würdigen. Taschler gab es einen Stich, und er spürte, wie ihm das Blut in den Kopf schoss. Einen Moment lang befürchtete er schon, sie mache jetzt endgültig ernst und habe die Scheidung eingereicht. Aber dann erkannte er, dass es sich wohl

um keine diesbezüglichen Unterlagen handeln könne, denn diese hätte sie wohl nicht zwischen die neuesten Prospekte vom Csaterberg gesteckt.
Rudi Taschler breitete vor sich aus, was ihm Gabi gebracht hatte. Da war zunächst dieser tolle neue Werbefolder, der ebenfalls vom Weinbauverein bei der Weinsegnung im letzten November präsentiert wurde und mit herrlichen Bildern und kurzen Texten in die Region um den Csaterberg einlud. Darin steckten mehrere, offensichtlich mit Maschine beschriebene DIN-A4-Blätter und die mehrseitige Kopie eines scheinbar schon recht alten Textes in verschnörkelter Schrift, von der Rudi nicht gleich einfiel, wie sie mit einem entsprechenden Fachausdruck hieß. War ja auch egal, so weit konnte er das Ganze entziffern, dass auf der ersten Seite etwas in Ungarisch stand. Leider hatte er diese scheinbar so schwierige Sprache nie gelernt, und so wusste er nicht, was das Geschriebene übersetzt bedeutete. Nur mit den Worten Nagy- es Kis-Csater konnte er ein wenig anfangen; er war sich zwar nicht sicher, aber das musste wohl Groß- und Kleincsater oder Hoch- und Kleincsater bedeuten. Auf der zweiten Kopie stand dann groß als Überschrift „Bergordnung", und es folgten in relativ kleiner Schrift, aber ganz offensichtlich in Deutsch, 25 Paragraphen auf mehreren Seiten. Mit etwas Anstrengung hätte Rudi Taschler die einzelnen Bestimmungen dieser Bergordnung, die am 18. Jänner 1914 in Kraft trat, sicher entziffern können, doch er wandte sich vorher den anderen Papieren zu.
Irgendjemand hatte auf vier großen Seiten Informationen über den Csaterberg gesammelt. Rudi begann zu lesen und war sofort davon gefesselt, vor allem, weil die Aufzeichnungen mit der Frage begannen, was denn das Wort Csaterberg überhaupt bedeuten könnte. Offensichtlich gab es da zwei Erklärungsmöglichkeiten. Die eine ging in Richtung „Weinstube", oder genauer: eine mit Stroh gedeckte Holzhütte, die zum Weinverkauf diente, auf Ungarisch eben „csarta". Taschler erinnerte sich, von diesem Wort schon

gehört zu haben. Viel interessanter für ihn war allerdings die zweite der beiden angeführten Varianten. „Csater" konnte auch auf das ungarische Wort für Schlacht zurückgeführt werden, und dann würde Csaterberg „Schlachtenberg" bedeuten! Und im Zusammenhang mit dieser Erklärung der Herkunft des Wortes „Csater" war tatsächlich von einer Burg der Tempelritter die Rede, die sich am Südhang des Kleincsaters befunden haben soll – also genau dort, wo annähernd hundert Keller ihre Besitzer gewechselt hatten!

„Wo hast du das her?"

Taschlers Frau antwortete zwar nicht, setzte sich aber zu seiner großen Überraschung mit einem Lächeln an den Tisch. „Da staunst du, was?"

Rudi hatte zwar keine Ahnung, worauf sie ihre Aussage genau bezog, ob auf die Unterlagen, die sie vor ihn hingelegt hatte, oder auf ihr Lächeln und ihre scheinbar gute Laune. Aber das war ihm auch egal, das Eis schien nicht nur gebrochen, seine Frau hatte ihm offensichtlich seine Schilderungen doch geglaubt und war danach sogar selber mit dem gedanklich beschäftigt gewesen, worüber er ihr erzählt hatte.

„Na, hat´s dir jetzt die Sprache verschlagen?"

In der Tat fiel Taschler nicht mehr ein, als seine Frage von vorhin zu wiederholen. Und da erzählte sie ihm davon, dass sie sich schon länger für die Geschichte des Csaterbergs interessiere. Als sie dann die Ansprache des Weinbauvereinsobmanns bei der letzten Weinsegnung gehört habe, sei sie gleich tags darauf bei ihrem ältesten Bruder Edmund gewesen. Der arbeite ja schließlich im Weinbauverein mit und würde ihr entsprechende Unterlagen besorgen können, dachte sie. Und sie habe Recht gehabt, was vor ihm liege, hätte sie großteils von ihm. Nur ein paar Zeitungsausschnitte habe sie selber ausgeschnitten.

„Könnt ihr das gebrauchen, du und dein Möchtegerndetektiv?"

Rudi brachte immer noch nichts heraus, irgendwie glaubte er schon wieder zu träumen. War das dieselbe Frau, die ihn vor wenigen

Stunden noch mit ätzenden Kommentaren für beinahe verrückt erklärt hatte? Er kam da nicht mehr mit!
Gabi Taschler gab sich also die ausgebliebene Antwort selbst. „Jetzt schau nicht so belämmert drein! Pack das Zeug zusammen, und schau, dass du nach Kohfidisch kommst! Oder wisst ihr schon, wie sich das Ganze wirklich abgespielt hat? Und noch eins: Irgendwann, wenn möglich noch heute, schau halt auch zu Hause wieder vorbei!"
Erst als Taschler aus dem Haus trat und den eisigen Wind spürte, der den herrlichen Pulverschnee im Hof vor sich hertrieb, wusste er, dass er wohl doch nicht träumte.

10

Gegen halb zwei hatte sich im Extrastüberl meines Gasthauses eine illustre Runde versammelt. Willi Rieger war, nachdem er sich in seinem Zimmer ein wenig ausgeruht hatte, noch ins Lesen irgendwelcher Informationen an seinem Laptop vertieft, Rudi Taschler und Georg Horvath studierten scheinbar Unterlagen, die vor ihnen lagen, oder taten zumindest so. Eva und ich räumten noch die letzten Reste vom Mittagessen weg, und dann nahm auch ich am Tisch Platz.
„Setz dich ruhig zu uns! Du bist ja schon halbwegs eingeweiht und kannst uns sicher helfen!" Eva, die ich gebeten hatte, früher zu kommen und für uns ein Mittagessen warm zu machen, wollte sich offensichtlich gerade wieder zurückziehen.
„Wie Sie meinen, Chef!"
Ich blickte in die Runde, und da eine Zeit lang keiner etwas sagte, stand ich noch einmal auf und holte einen Block samt Schreibgerät. Ich wusste nicht, ob beides vonnöten war, aber irgendetwas musste ja getan werden. Gott sei Dank blickte Willi Rieger endlich wieder von seinem Gerät auf, als ich mich wieder setzte.

„Entschuldigt, aber ich wollte unbedingt noch etwas fertig durchlesen, bevor wir anfangen! Können wir jetzt?"
Ich sah die anderen an, und da keiner etwas einzuwenden schien, begann wieder Rieger:
„Das, was ich hier mache, ist auch für mich absolutes Neuland. Ich habe zwar schon drei Bücher und etliche Artikel in Zeitungen veröffentlicht. Aber das Material liefert mir immer ein anderer, ich formuliere nur. Dass ich diesmal sozusagen selber an der Front bin, behagt mir nicht so ganz, auch wenn die Geschichte hier zugegebenermaßen durchaus interessant ist. Allerdings weiß ich wirklich nicht, ob ich kompetent genug bin, um den Durchblick zu gewinnen, oder ob wir nicht doch Profis brauchen, die uns notwendige fehlende Informationen beschaffen. Aber schauen wir einmal, was wir bisher haben. Seid ihr damit einverstanden?"
Wortloses Nicken allseits, nur Eva zuckte mit den Schultern. Sie kam sich offensichtlich ein wenig vor wie in einem schlechten Film.
„Im vorigen Sommer werden am Kleincsater knapp hundert Kellerstöckl samt den dazugehörigen Weingärten verkauft. So über den Daumen gerechnet dürfte es sich bei der flüssig gemachten Geldsumme um einen Betrag von etwa drei Millionen Euro gehandelt haben. Angeblich sollen ausländische Investoren dahinter stecken, die anonym bleiben wollen. In den Kaufverträgen scheinen nur ein uns unbekannter Name und eine Schweizer Adresse auf. Die neuen Eigentümer setzen scheinbar auf sanften Tourismus. Die Burgenländische Landesregierung, die dem Anschein nach erst im Vorjahr die Bauvorschriften für den Csaterberg noch einmal verschärfte, und auch die Politik vor Ort haben dementsprechend großes Interesse, dass das historische Kellerviertel möglichst wieder in seinen Urzustand zurückversetzt wird, und wickeln den Verkauf für die Investoren ab. Ein Großteil der Ortsbevölkerung steht ebenfalls hinter dem Projekt, weil man sich vom Tourismus positive Impulse für die Region erwartet. Die Verträge werden ordnungsgemäß abgeschlossen, die durchaus ansehnlichen Verkaufssummen

mehr als zeitgerecht an die Verkäufer überwiesen. Alle können zufrieden sein – fast alle."

Rieger wartete einen Moment ab. Da keiner etwas erwiderte oder ergänzte, setzte schließlich er selber fort.

„Im August bekomme ich ein anonymes Schreiben, aufgegeben in Oberwart und mit P.F. sozusagen unterzeichnet. Ich solle nach Kohfidisch kommen und einen Skandal aufdecken helfen. Der anonyme Schreiber könne eine Bombe hochgehen lassen. Ich frage einen Bekannten, der für den Lokalteil einer Zeitung arbeitet. Der recherchiert ein wenig und meldet zurück, es gebe keinen Skandal. Also bleibe ich bei meiner Familie. Erst im Zuge eines mehrwöchigen Aufenthalts in Bad Tatzmannsdorf lese ich im hiesigen Bezirksblatt von einem Ereignis, das mich stutzig macht: Auf dem Csaterberg ist ein riesiger Halbedelstein gestohlen worden. Also fahre ich doch nach Kohfidisch. Einerseits um nachzusehen, was hier wirklich vor sich geht, andrerseits ein bisschen aus sentimentalen Gründen. Schließlich war ich als Kind ein paar Mal auf dem Csaterberg und seither nicht mehr.

Und damit geht´s so richtig los. Durch puren Zufall glaube ich bereits nach wenigen Stunden zu wissen, wer P.F. ist. Ich sehe eine Todesanzeige und bin plötzlich überzeugt, tatsächlich mitten in einem Kriminalfall zu stecken. Mein Informant ist tot – das kann kein Zufall sein, denke ich. Doch nach und nach stellt sich heraus, dass der verstorbene Vizebürgermeister Fritz Pomper einer war, der hinter allem und jedem einen Skandal vermutete. Vor allem dann, wenn der politische Gegner hinter einer Sache steckte. Und außerdem starb er zweifelsfrei eines natürlichen Todes. Also doch kein Kriminalfall! Alles nur Einbildung eines Querkopfs! Doch dann werde ich selber niedergeschlagen und liege mehrere Stunden im verwaisten Haus des Verstorbenen. Dieses ist völlig durchwühlt, ein Computer scheint verschwunden. Also gibt es doch etwas zu verschleiern? Schon wieder eine Täuschung! Den Computer bekam nämlich nach dem Tod des Großonkels ein Vierzehnjähriger.

Und ich wurde womöglich von einem Menschen niedergeschlagen, der es sich in einem verlassenen Haus gemütlich gemacht hatte und von mir dabei gestört wurde. Zwar durchaus eine kriminelle Handlung, aber eine, die nichts mit den Kellerverkäufen zu tun hat! Ja, und in diesem ständigen Auf und Ab eines Kriminalfalls, der einmal einer ist und dann wieder keiner, weiß ich eigentlich auch im Moment nicht so richtig, wo wir tatsächlich stehen!"

Auf einer ganz ähnlichen gefühlsmäßigen Berg- und Talfahrt hatte ich mich ja in den letzten Tagen selbst befunden. „Sollten wir trotzdem nicht auch noch ein paar andere Aspekte mitberücksichtigen?"

„Und was genau meinst du?" Rieger ließ eine kleine Pause entstehen, doch niemand sagte etwas. „Natürlich müssen wir noch die genauen Untersuchungsergebnisse der Polizei abwarten. Vielleicht finden die in Pompers Haus doch noch etwas, was uns weiterhilft. Dass mich ein Sandler derart kunstvoll verschnürt haben soll und dass dieser auch für die Unordnung im Haus verantwortlich zeichnet, erscheint mir irgendwie nicht ganz logisch."

„Auch das, ganz richtig! Ich meinte aber zum Beispiel eher die Rolle, die Roman Hofer in dem ganzen Theater möglicherweise spielt. Du hast die Verkäufe, wie ich glaube: absichtlich, ja so dargestellt, als hätten alle nur völlig lautere Absichten gehabt. Man kann die Sache aber wohl auch anders sehen."

„Da muss ich Günther mehr als Recht geben, nach allem, was ich selbst erlebt und was ich seit heute Morgen von euch gehört habe." Georg Horvath mischte sich mit diesen Worten auch erstmals ins Gespräch ein. „Könnte es nicht genauso gut ganz anders gewesen sein? Wer sagt denn, dass es diese ausländischen Investoren überhaupt gibt bzw. wer sich dahinter verbirgt? Vielleicht haben sich ganz andere die Keller unter den Nagel gerissen!"

„Ich habe meinen Partner auf diese Möglichkeit angesprochen. Seiner Meinung nach deutet die von uns geschätzte Investitionssumme entweder darauf hin, dass jemand viel Geld hat und das in

Immobilien investieren will, die langfristig Erträge bringen. Oder dass jemand viel Geld investiert, das gar nicht ihm gehört, weil er sich relativ rasch einen Gewinn erwartet. Was aber durch sanften Tourismus wohl eher nicht möglich ist!"

„Ich verstehe nur Bahnhof!" Eva sprang auf und verließ das Stüberl in Richtung Küche. Als sie mit einer Riesenportion Grammeln und einem Körbchen mit Gebäck zurückkam, war Rieger schon wieder mitten in seinen Ausführungen.

„Also gut, ich versuche es auf den Punkt zu bringen. Wenn wir mit unserem Verdacht richtig liegen und möglicherweise Roman Hofer und auch Landespolitiker selber hinter den Kellerverkäufen stecken, dann wohl sicher nicht, weil sie auf sanften Tourismus setzen. So viel Eigenkapital dürften Orts- und Landespolitiker wohl kaum haben. Vor allem, wenn man bedenkt, dass ja jetzt weiter investiert werden muss. Wenn sie aber viel Geld aufnehmen mussten, dann erwarten sie sich rasch etwas zurück. Zum Beispiel, weil sie gewusst haben, dass tatsächlich jemand ganz groß einsteigen will. Und als Vermittler und Zwischenhändler lässt sich schon einmal durchaus schnell einiges an Geld machen."

„Könnte dabei die Burg eine Rolle spielen?" Rudi war vorhin hocherfreut gewesen, als von Rieger für die Unterlagen, die er von seiner Frau bekommen hatte, dickes Lob gekommen war.

„Also gut, theoretisieren wir noch ein Stück weiter. Ich phantasiere jetzt ein wenig, wie ihr gleich merken werdet. Einmal angenommen, ein potenter Investor wird auf die mögliche Templerburg am Csaterberg aufmerksam. Vielleicht bei einem Geschäftsessen, wo es um etwas ganz anderes geht. Seit Dan Browns „Sakrileg" ist ja gerade der Orden der Tempelritter wieder in den Mittelpunkt des öffentlichen Interesses gerückt. Also möglicherweise spricht jemand über das Buch, es fällt eine entsprechende Bemerkung über den Csaterberg, die Neugier ist geweckt. Eine idyllische Weinbaugegend mit urtümlichen Kellerstöckln, aus- und umgebaut zu exquisiten Feriendomizilen für Wohlbetuchte, und mittendrin

auch noch eine rekonstruierte mittelalterliche Burg als Touristenattraktion – ein Konzept, das gar nicht fehlschlagen kann! Der Investor lotet bei den zuständigen Landespolitikern aus, was möglich ist, er nennt vorstellbare Investitionssummen – und schon werden der Wissensvorsprung und verwandtschaftliche Connections in den Ort genutzt, um in den Besitz der Grundstücke zu kommen. Und diese lassen sich dann gewinnbringend an den Mann im Hintergrund verkaufen. Damit aber auch tatsächlich verkauft wird, ändern sich noch rasch die einschlägigen Bauvorschriften, sodass auch Widerständige angesichts drohend notwendiger Investitionen ihre Zustimmung erteilen."
„Klingt absolut plausibel!" Georg Horvath schien total begeistert von Riegers Hypothese, er strahlte von einem Ohr bis zum andern. „Und wenn dann plötzlich einer auftaucht und Licht in die Sache bringen will, kann das schon dazu führen, dass er eine über den Schädel bekommt!"
„Mag sein. Unsere Theorie hat aber leider einen großen Haken!" Riegers Euphorie schien deutlich kleiner. „Wir besitzen keinerlei Beweise! Sowohl das mit der Burg als auch mögliche kriminelle oder zumindest unlautere Machenschaften einzelner Politiker basieren auf reinen Luftschlössern, die mindestens ebenso nebulos sind wie unsere Schlachtenberg-Burg!"
„Was sollen wir also tun?" Rudi fasste die scheinbar allgemeine Ratlosigkeit in die entsprechenden Worte.
„Wir haben wohl nur eine einzige Chance, um selber zu einem brauchbaren Ergebnis zu kommen. Und die besteht darin, dass Fritz Pomper doch irgendwelches Material besaß, das mehr als bloße Vermutungen enthält."
„Und wie sollen wir an dieses Material herankommen? Fritz ist seit gut drei Monaten tot!" Wieder war es Rudi, der mit seiner berechtigten Skepsis Riegers Hoffnungsschimmer scheinbar auch gleich wieder verglühen ließ.
„Wir müssen zu Pompers Computer Zugang bekommen und uns in

seinem ehemaligen Haus nochmals genau umsehen. Darin sehe ich unsere letzte Chance."
„Vielleicht nur unsere vorletzte! Eva und ich werden auch noch mit ihrem Vater sprechen. Möglicherweise weiß er ja doch etwas, was uns weiterhelfen kann." Um zu signalisieren, dass ich vorhatte, dies gleich in die Tat umzusetzen, stand ich auf. Unsere Unterredung war damit vorerst beendet.

11

Eva Wölfer und Günther Steiner waren noch kaum eine Viertelstunde weg, als Riegers Handy läutete.
„Günther Steiner hier! Ich habe gerade mit Lukas Wölfer telefoniert, du weißt schon, dem Jungen, dem jetzt der Computer gehört. Er meint, es zahle sich auf keinen Fall aus, bei dem Sauwetter nach Wien zu fahren und sich den PC anzusehen. Von seinem Großonkel habe er ein Gerät übernommen, auf dem sich nur zwei Word-Dateien befänden. Allzu viel sei also von Fritz Pomper wohl nicht auf dem Computer gearbeitet worden. Und diese beiden Dateien könne er problemlos schicken, falls wir ihm eine entsprechende E-Mail-Adresse nennen würden. Gibst du mir die deine bitte durch?"
Rieger, der sich trotz seiner anhaltenden Übelkeit schon auf eine neuerliche Ausfahrt mit Taschler, und eventuell auch in Begleitung von Horvath, vorbereitet hatte, wollte sich von diesem Vorhaben nicht so schnell abbringen lassen. „Aber was, wenn Pomper das vertrauliche Material irgendwo auf dem Computer quasi versteckt hat?"
„Ich kenne mich bei diesen Sachen zwar nicht so aus. Aber selbstverständlich habe ich den kleinen Wölfer gefragt, ob es nicht doch noch andere Informationen auf dem Gerät geben könnte, sozusagen geheim. Lukas hat das aber kategorisch ausgeschlossen.

Er sagte mir, sein Großonkel hätte Hilfe bei den einfachsten Computerdingen benötigt. Und alles, was Fritz machte, habe er ihm beigebracht. Da sei nichts, er kenne sich da aus!"
Rieger gab sich geschlagen und hatte schon wenige Minuten später eine E-Mail mit entsprechenden Anhängen von Lukas Wölfer auf seinem Laptop. Tatsächlich handelte es sich um zwei Word-Dateien. Der einen davon hatte Fritz den Namen Fußball gegeben, und Rieger fand nach Öffnen der Datei wirklich nichts anderes als Aufzeichnungen über den örtlichen Fußballverein. Pomper hatte offensichtlich für sich selbst eigene Spielberichte verfasst, Mannschaftsaufstellungen gesammelt, die Leistungen der Spieler beurteilt und dergleichen mehr. Es sah alles in allem nicht danach aus, dass sich darin irgendwelche Geheiminformationen verbargen. Die zweite Datei trug die Bezeichnung 27. Juni. Nach dem Öffnen stellte sich heraus, dass es sich dabei wohl um eine Art Tagebuch handelte, das eben an jenem 27. Juni begann, den ersten Bemerkungen zufolge dem Datum der Inbetriebnahme des Geräts. Jahreszahl stand keine dabei, aber beim raschen Überfliegen stellte sich heraus, dass es sich wohl um den 27. Juni vor knapp zwei Jahren handelte, denn es folgten Eintragungen bis zu einem 31. Dezember und danach vom 1. Jänner bis 14. November.
„Wann ist Fritz Pomper gestorben?" Rieger wandte sich an den zu seiner Linken sitzenden Taschler, der genau wie Horvath neugierig über Riegers Schulter auf den Bildschirm starrte.
„Im November, das genaue Datum weiß ich jetzt nicht mehr."
„Diese Eintragung hier stammt vom 14. November. Er hat also offensichtlich bis knapp vor seinem Tod genaue Aufzeichnungen gemacht. Das müssen wir uns ansehen!"
Rieger entschied sich, vorerst einmal mit Anfang März zu beginnen und die Tagebuchnotizen von da weg bis zum Ende durchzulesen. 53 Computerseiten in relativ kleiner Schrift informierten ihn darüber, was Fritz Pomper in diesen Tagen und Wochen so machte. Kurioserweise waren sich täglich wiederholende Tätigkeiten genau

vermerkt, sogar unter Angabe der Uhrzeit, während Gedankliches, das Pomper beschäftigt haben musste, nur sehr sporadisch zur Sprache kam. Nach gut einer Stunde intensiven Studiums wusste Rieger zwar, wann Pomper bei Gemeinderatssitzungen gewesen war, welche Tagesordnungspunkte es dort gegeben und worüber sich der ehemalige Bürgerlisten-Vizebürgermeister geärgert hatte – aber alles nur sehr vage. Da stand überhaupt nichts drinnen, was Rieger nicht ohnehin schon wusste. Und erstaunlicherweise wurden die Kellerverkäufe und Pompers Ärger darüber ab September überhaupt nicht mehr erwähnt.

Als sich Rieger zurücklehnte und zuerst Taschler, dann Horvath in die Augen sah, runzelte er enttäuscht die Stirn. „Habt ihr mitgelesen? Was haltet ihr davon?"

„Ich habe nichts entdecken können, was uns weiterhilft!" Rudi bestätigte Riegers Eindrücke.

„Mir ist auch nichts aufgefallen, außer dass Fritz doch ein wenig krank gewesen sein muss. Schreibt doch tatsächlich täglich auf, wann und wie lange er sich rasiert hat und dergleichen!"

„Hätte jemand, der – sagen wir es einmal sehr positiv – so genau ist, Skandalträchtiges nicht auch erwähnt, wenn es ihn intensiv beschäftigt hätte? Die Empörung über manch schwache Fußballerleistungen scheint mir stärker dokumentiert als seine Ablehnung der Csaterberggeschäfte! Könnt ihr mir das erklären?"

Offensichtlich konnten Horvath und Taschler das nicht, denn keiner von beiden unternahm auch nur den Versuch. Erst nach einer längeren Pause ergriff Rudi das Wort: „Vielleicht hat ja Fritz absichtlich in seinem Tagebuch nichts erwähnt und seine Bombe ganz wo anders versteckt!"

„Also ehrlich gesagt, glaube ich das nicht!" Rieger sprang plötzlich auf. „Los, Rudi, wir gehen auch zu Familie Wölfer! Ich möchte wissen, ob Fritz Pomper im Besitz einer alten Schreibmaschine war!"

12

Wir saßen immer noch bei Wölfers in der gemütlichen Wohnküche, als die Tür aufging und Rieger mit Rudi Taschler und Georg Horvath eintrudelte. Ich war doch ein wenig überrascht, denn wir hatten an sich vereinbart, dass ich nach Abschluss des Gesprächs mit Sepp Wölfer wieder ins Gasthaus zurückkehren würde. Evas Vater konnte mir einiges erzählen, und daher war ich immer noch da, viel länger als ursprünglich angenommen. Ich wusste jetzt, dass Sepp Wölfer lange als Gemeindevertreter in der Grundverkehrsbezirkskommission mitgearbeitet hatte – bis er auf Drängen der Ortspartei „freiwillig" aus dem Gremium ausschied, um einem Jüngeren, eben Roman Hofer, Platz zu machen. Hofer saß also genau in jener Kommission, die Verkäufe wie die am Csaterberg zu kontrollieren und abzusegnen oder zu verhindern hatte. Das war ja mehr als interessant und für Fritz Pomper sicher ein weiteres Indiz dafür, dass Hofer Dreck am Stecken hatte. Pomper konnte es einfach nicht fassen, dass selbst gestandene Männer wie Sepp Wölfer sich vom Emporkömmling Roman Hofer derart einkochen ließen. Fritz hatte seinen Schwager schließlich auch auf die verwandtschaftlichen Beziehungen zwischen Hofer und besagtem Landesrat hingewiesen und gemeint, damit sei doch wohl klar, welche Interessen hier verfolgt würden. Mehr als bloße Vermutungen hätte aber auch Fritz nicht vorbringen können, und die gingen in die Richtung, dass sich Hofer habe schmieren lassen, und zwar dafür, dass die Geschäfte rund um den Csaterberg von ihm beschleunigt wurden. Mehr sei es nicht gewesen. Dennoch habe er, Sepp Wölfer, mit Noch-Bürgermeister Weiner daraufhin das Gespräch gesucht und ihn vor Hofer gewarnt – doch damit sei er bei seinem alten Freund gar nicht gut angekommen, der hätte ihm gleich mangelnde Parteitreue und wer weiß noch was unterstellt. Genug jedenfalls, um sich aus der Parteiarbeit zurückzuziehen – einen Schritt, den er sich schon nach der Verbannung aus der Grundverkehrskommission überlegt hatte, die für ihn einem eklatanten Misstrauensbeweis gleichgekommen war.

Mir wurde aber trotz oder gerade wegen dieser interessanten Hinweise, die noch sehr hilfreich sein konnten, klar, dass Sepp Wölfer keine Bombe von Fritz Pomper bekommen hatte, ja noch mehr – dass dieser wohl selber nie im Besitz einer solchen gewesen war. Aber vielleicht brachten ja Rieger und die anderen ganz gegensätzliche Informationen mit.
„Also was ist? Habt ihr von Lukas die Daten bekommen?"
Rieger schien meine Frage gar nicht zu hören. Er stellte sich den Wölfers kurz vor und sagte dann, zu Sepp Wölfer gewandt: „Entschuldigen Sie, wenn ich sozusagen ohne lange Erklärungen mit der Tür ins Haus falle: Aber besaß Ihr Schwager eine alte Schreibmaschine?"
„Elfi?" Sepp Wölfer zuckte mit den Schultern und sah seine Frau fragend an.
„So weit ich weiß, schon. Aber wenn Sie wollen, gehen wir gemeinsam hinauf in sein Haus und schauen nach!"
„Gerne! Ich hatte sowieso vor, mir den Ort nochmals anzusehen, wo ich sozusagen vom Schlag getroffen worden bin!"

Es dauerte gut eine Stunde, bis Elfi und Eva Wölfer, die angesichts der nach wie vor schlechten Witterungsbedingungen ihre Mutter unbedingt begleiten wollte, mit Rieger bei mir im Gasthaus ankamen. Rudi Taschler, Georg Horvath und auch Sepp Wölfer hatten mich begleitet und mit mir gewartet, übrigens fast wortlos, denn jeder schien mit seinen eigenen Gedanken ausreichend beschäftigt. Es war draußen inzwischen stockdunkel, und immer noch schneite es leicht. Insgesamt hatten wir inzwischen wohl beinahe einen halben Meter Neuschnee, und das war ganz außergewöhnlich für unsere Gegend.
Rieger hielt tatsächlich eine alte Schreibmaschine in der Hand, als sie eintraten. Er stellte sie auf den Tisch, ging in sein Zimmer und bat mich um ein Blatt Papier. Wieder zurück tippte er ein paar Buchstaben drauf. Dann hielt er das Blatt in die Höhe und verglich

es mit einem anderen. So weit ich es erkennen konnte, handelte es sich dabei um den mit P.F. unterzeichneten Brief an ihn.

„Nicht mit derselben Schreibmaschine geschrieben!" Rieger legte die beiden Blätter auf den Tisch, verschränkte die Arme vor der Brust und streckte die Beine weit von sich.

„Erklärst du uns bitte, was du da eben gemacht hast?" Ich hatte zwar eine Ahnung, genau wusste ich aber auch nicht, worauf er hinaus wollte.

„Ganz einfach, der an mich adressierte Brief, der da" – Rieger hielt ihn nochmals in die Höhe – „wurde ganz sicher nicht mit dieser Schreibmaschine geschrieben."

„Dann hat sich Fritz eben eine Schreibmaschine ausgeborgt. Vielleicht wollte er auf Nummer sicher gehen, damit man den Brief ja nicht mit ihm in Verbindung bringen konnte!" Rudi versuchte eine Erklärung, die scheinbar vernünftig klang.

„Jemand, der alle Spuren zu seiner Person verwischen will, setzt doch nicht gleichzeitig seine Initialen unter den Text!" Riegers Einwand hörte sich aber auch sehr plausibel an.

„Was schließt du draus?" Irgendein seltsames Unbehagen begann mich zunehmend zu erfassen.

„Ich habe den leisen Verdacht, dass uns jemand ganz schön an der Nase herumführt. Möglicherweise gibt es nicht nur die im Schreiben angekündigte Bombe nicht. Wahrscheinlich war es gar nicht Fritz Pomper, der mir geschrieben hat!"

„Nur weil eine andere Schreibmaschine verwendet wurde? Ist das nicht eine ziemlich gewagte Schlussfolgerung? Und wer sollte sonst der Absender sein?" Georg Horvath drückte nur aus, was wir anderen wohl alle auf irgendeine Art und Weise empfanden.

„Nein, es ist nicht nur die Schreibmaschine. Irgendetwas hat mich an dem anonymen Brief von Haus aus gestört. Die Sprache zum Beispiel. Das passte alles irgendwie nicht zusammen. Und irgendein seltsames Gefühl sagt mir schon die längste Zeit, dass wir in die falsche Richtung überlegt haben. Aber ich vermag auch nicht

näher zu definieren, wo die richtige Richtung sein könnte!"
„Und was sollen wir jetzt tun? Der Verdacht liegt doch nach wie vor nahe, dass sich an den Geschäften jemand auf nicht ganz korrekte Art bereichert hat. Und wir alle vermuten ja auch, wer dies sein könnte. Also muss doch etwas gemacht werden können, schließlich leben wir doch in einem Rechtsstaat!" Georg Horvaths Ärger darüber, dass er sein Kellerstöckl verloren hatte, war sichtlich und hörbar noch immer nicht verraucht.
„Wir haben definitiv nichts in der Hand, gar nichts!" Willi Rieger sah das Ganze offensichtlich deutlich nüchterner, und ich musste ihm, wenn auch etwas widerwillig, leider Recht geben.
„Ich fürchte, Willi schätzt die Sache richtig ein. Aber vielleicht kann gerade er doch etwas tun."
„Und was wäre das?" Rieger sah mich fragend an.
„Wenn wir richtig liegen und sich die Sache für die Politiker erst rechnet, wenn das Geschäft sozusagen noch um eine Runde weitergegangen ist, dann könnten sie ganz schön auf die Nase fallen, falls der Investor doch noch kalte Füße bekommt!"
„Und warum sollte er?"
„Du veröffentlichst einen Artikel in einer großen Tageszeitung, noch besser in mehreren. Und in dem weist du auf die Problematik rund um den Csaterberg hin. Du führst aus, dass gegen professionell ausgeübten sanften Tourismus nichts einzuwenden ist. Aber nur unter Einbindung der bisherigen Besitzer! Und dass nicht ein großer Investor dahinter stecken sollte, den in erster Linie der Profit interessiert. Sondern die ortsansässige Bevölkerung, der es darum geht, alles in seiner ursprünglichen Eigenart zu bewahren. Du wirfst außerdem die Frage auf, wie es sein kann, dass eine Kommission, die extra dafür eingerichtet ist, um Immobilienspekulationen zu verhindern, sich diese Sache nicht genauer angesehen hat. In eurem Buch könntet ihr noch eins nachlegen. Und unter dem wachen Auge der Öffentlichkeit platzt ein Riesengeschäft, bevor es zum lohnenden Abschluss gekommen ist."

„Klingt sehr plausibel, Günther, und ist an sich von meiner Seite auch durchaus realisierbar. Aber entschuldige, wenn ich das so sage: Deine Erwartungen erscheinen mir fast ein wenig naiv. Derartige Geld- und Machtspiele funktionieren oft nicht nach den üblichen Regeln und lassen sich daher auch nicht so einfach verhindern!"

„Haben wir andere Möglichkeiten? Scheinbar nicht! Also sollten wir es wenigstens versuchen!"

„Da hast du leider Recht, und probieren könnte ich es wirklich. Aber hoffentlich geht der Schuss nicht nach hinten los!"

„Wie meinst du das?"

„Ich kann´s auch nicht genau sagen. Es ist eher nur so ein Gefühl. Aber vielleicht kommt vermehrte öffentliche Aufmerksamkeit, wenn auch entsprechend kritische, den Geschäftemachern gar nicht einmal so ungelegen!"

„Das Risiko müssen wir wohl oder übel eingehen."

Epilog

„Jetzt sind tatsächlich gleich mehrere Artikel erschienen. Es ist schon fast nicht mehr damit zu rechnen gewesen."

„Ich habe sie gelesen. Gratuliere, dein Plan war einfach genial. Dieser anonyme Brief, ich muss schon sagen, hätte von mir sein können, diese Idee! Und Spuren wurden ja hoffentlich keine hinterlassen?"

„Sicher nicht! Meine Männer arbeiten zuverlässig. Und die Kritiker vor Ort dürften jetzt endgültig ruhig gestellt sein! Dass uns diese negativen Pressestimmen irgendwie schaden könnten, befürchtest du nicht?"

„Aber wo! Ist ja alles viel zu vage, was da geschrieben steht! Und ich versichere dir, eine bessere Werbung gibt es gar nicht als Negativschlagzeilen. Solche Werbung braucht nicht nur nicht bezahlt zu werden, sie ist einfach unbezahlbar. Nichts zieht Menschen mehr an als kleine und große Skandale."

„Du hast Recht. Sollen sie ruhig schimpfen. So lange sie kommen und wir dann unser großes Geschäft damit machen, kann uns das völlig egal sein."